Gaea

Gaea

HONG KONG SHUTDOWN

201X年7月22日凌晨12時27分52秒正。香港, SHUTDOWN。

香港關機

喬靖夫 Jozev ——著

HIROSHI ——插畫

香港地圖
MAP OF HONGKONG

1. 深水埗
2. 旺角
3. 尖沙嘴
4. 銅鑼灣
5. 時代廣場
6. 維園足球場

Illustration/BAKUNOYA

WEEK 0 大關機

KEYWORDS：宅男　喪屍　可樂　冷漠

那個宿命的時刻，阿傑就跟無數香港人一樣，靈魂正寄宿在網路上。

二〇一X年七月二十二日，凌晨十二時二十七分五十二秒正。

阿傑盯著電腦螢幕裡淒慘的戰場。第一人稱射擊遊戲「Left 4 Dead」第五集。人類與喪屍永無休止的血腥戰爭。

這一晚，阿傑如常跟網友連線進行「16-vs-16」隊際對戰。電腦旁邊桌面上，堆滿各種零食和幾罐可樂，全部都放在不離座椅即伸手可及的距離——阿傑已經做好萬全的準備，最早也要戰鬥到凌晨三時。

每天連同無償加班，他在辦公室給老闆囚禁折磨整整十一個小時，爲的就是每晚這個光榮的時刻。

——你們喜歡叫我宅男就宅男。不行嗎？我一個人在家裡的自由時間，喜歡幹甚麼，關你們甚麼事？

他熟練地控制著十字瞄準標記，謹慎轉過虛擬的牆角，敵方喪屍正好高速猛撲過來。隊友透過耳機吼叫示警。

阿傑的嘴角卻揚起微笑。十字標在二十分之一秒間，已經落在對方穿著污爛血衣的胸口。

彷彿要飛撲出2560x1440有機LED螢幕的喪屍，即將被霰彈槍炸得皮開肉爛——

可是就在阿傑食指按下滑鼠鍵前的一剎那，一切中斷。

戰場消失。

阿傑實在打得太過投入，呆了三秒後才醒覺：熄滅的並不只是電腦螢幕，還有家裡所有的電燈。身邊一片漆黑。

「他媽的，這種時候停電？」阿傑猛力摔去滑鼠洩憤。

——還是家裡的電源總開關跳了電？

他拉開那面很少拉開的窗簾，往外看看鄰家窗戶。

一個二十九歲窮忙族宅男獨自租住的小房子，當然不可能有甚麼優雅景觀，對面堆滿的全是密密麻麻的樓房。

阿傑平生第一次看見：九龍鬧市的夜，如此漆黑。

無數樓房窗戶、街道商店、馬路街燈、霓虹招牌——統統熄滅。只剩下許多停下的汽車燈。有的商業大廈亮出緊急照明的淡光。

這麼大規模的停電，阿傑前所未遇，這漆黑奇景令他忘記先前的盛怒。

街上的人在大聲叫嚷，有的帶著憤怒，也有的因爲好奇。汽車在不斷胡亂鳴喇叭，吵得震天價響。阿傑看見下面街道，竟然連紅綠燈也全都熄滅了，十字路口的車陣亂成一團，沒釀成大車禍已經很幸運。

阿傑仰起頭，看見了星星——在平日光亮的城市夜空，絕對是不可能的事情。

——難道整個九龍都停電嗎？

阿傑坐下來，納悶地看著漆黑的電腦螢幕。平日在家裡，他的生活娛樂全都圍繞這具機器進行，它一旦無法運作，那狹小又塞滿雜物的小房間，頓時感覺空洞起來。

對於阿傑這一代人來說，沒有電腦遊戲或電視電影串流下載，勉強還能夠忍受；真正無法容忍的是跟世界失去聯繫——沒了Facebook、微博、即時聊天、高登〔註〕……對身邊發生的事情無法馬上知道、回應、傳播和討論，讓人生起極厭惡的納悶感。

阿傑掏出手機，打給住在港島的死黨阿成，心裡想：那邊大概知道發生了甚麼事情吧？

長鳴不斷的鈴音。

手機上的觸控螢幕顯示著「NO SERVICE」——不是「EMERGENCY CALL ONLY」，而是徹徹底底的「NO SERVICE」。

阿傑用手機上網，同樣沒有任何訊號。阿傑拿出公司的筆記型電腦來試試，結果一樣，證明並非手機壞掉了。

停電的嚴重程度和規模，似乎遠遠超出阿傑的想像，就連電訊和網路供應商都應付不來。

「怎麼嘛，逼我提早睡覺……」阿傑自言自語爬上床。沒有了娛樂和通訊令他感覺無聊，緊張和危機感倒是半點沒有。

他很快就安心睡著。

沒甚麼好驚慌的。明天醒過來，一切肯定已經全面修復。

畢竟這兒，是香港啊。

他沒有想過：這一晚，是他人生最後一次上網。

□

隔天一早，阿傑眞正開始覺得事情不對勁了。

不用上班，通常都是快樂的事情。阿傑也確實爲此興奮了一陣子。

街上到處擠滿跟他同樣茫然的上班族。有人在不斷咒罵抱怨。大部分卻是木然無語。港鐵停駛了。路上也看不見半輛行駛的巴士。

阿傑在電腦公司上班，大停電之下本來就不可能正常工作，這種情形更沒有徒步回公司去的理由。車站裡許多人交頭接耳，討論了好一大輪之後，都決定放棄上班，一起四散回家。阿傑沒甚麼主意，也就跟著大夥回去。

註：Hong Kong Golden Forum，香港知名網路討論區。

他一直拿著手機，幾乎每隔一分鐘就查看。訊號仍舊斷絕。

不用打電話向老闆解釋曠工自然是好事，但同樣沒辦法找朋友去玩。這突如其來的假期變得毫無意義。

——怎麼搞的？

阿傑一邊走一邊抱怨。

——機電署和電力公司死到哪兒去了？都多少個鐘頭啦？沒得打電話上網，會死人的呀。

「今天股市肯定大跌……」沿途他聽見一個中年漢抱怨，看來手持不少股票，損失慘重。

「昨晚我坐的士（註）回家，車裡收音機也是突然斷掉……」另一個男人則跟街坊說。

阿傑沒有加入討論。他從來就不喜歡跟別人面對面打交道。

他走著時不斷觀察街道四周，發現了一個極度不尋常的情況：

街上看不見一個警察。

這等大型的停頓與混亂，竟然沒有任何人出來維持秩序，或者解釋原因。

——就算無法廣播，政府至少也應該派些地方官員之類出來街上解釋嘛……可是完全沒有。

回到家後，阿傑又再發現另一件事情：停水了。

他只是抱怨沒得洗澡，壓根兒沒有擔心過喝水的問題。打開仍有餘冷的冰箱，阿傑拿出罐裝可樂，打開痛快灌了幾口，讓頭腦冷靜下來。

沒了電視、電腦跟手機的誘惑，阿傑靜坐在家裡，思考變得格外敏銳。

他把東西串連起來。電力；網路；公共交通；警察和公務員；廣播；供水……這一切就像空氣，我們平日總認爲理所當然的存在，卻極不尋常地一夜斷絕。

不可能是偶然。

阿傑聯想起昨夜玩過的《Left 4 Dead》遊戲，頓時心裡一寒。

——對。喪屍電影裡的世界就是變成這樣！一模一樣！分別只在沒有喪屍出現……

——很可能……眞的發生了非常不得了的事情！

註：即計程車。

□

坐著思考了整整一小時之後，阿傑作出一個決定。

他脫掉衣服，上床，睡覺。

阿傑並不覺得自己應該幹甚麼。他已經仔細考慮過：要是不久之後一切都復原，那就沒甚麼好擔心；要是情況真的越變越壞，也不是自己擔心或者處理得來——我一個普通人算甚麼？

對於不想面對或無力面對的事情，冷漠，是最好的回應。

——反正又不是我一個人的問題嘛。

不久，他打起鼾來。

□

也許有人無法相信。可是這一天，全香港超過一半人的反應確實跟阿傑一樣：甚麼都不做，等待一切自行恢復正常。

這個後來被稱爲「大關機」的事件，Day 1，整個城市就在如此出人意表的平靜之中度過。

畢竟這兒，是香港啊。

我們對文明，無比的信賴。

WEEK 1 超市生死戰

KEYWORDS：深水埗　師奶　鴨寮街　超市

有句諺語說：「文明跟野蠻之間的距離，不過是幾頓飯。」

一座城市的糧食儲備，其實遠比我們想像中低。要是剝開那華麗時髦的商業包裝，檢視最基本的生存條件，我們才會察覺：先進的城市，原來是一頭不懂自給、只會大量消耗物資的可怕肥豬。

二〇一X年七月二十二日「大關機」之後，香港那層包裝，開始溶解了。

□

愛群不是甚麼經濟學家或社會學家，但是她也比很多人更早察覺這個危機，只因爲她是個師奶〔註〕，每天就跟糧油食品打交道。

當多數人都爲大停電沒有冷氣、斷水沒得洗澡、不能坐港鐵上班、通訊網路斷絕……等等事情抱怨的時候，愛群第一天就在擔心吃喝的問題。

——一個新移民單親媽媽，沒有親朋可以依靠，每個月仗賴幾千塊港幣養活自己和一對女兒，每頓飯都是迫在眼前的困難，自然就對飢餓的危機格外敏感。

很少有人會慶幸自己住在深水埗。但正正就只有這種老社區還沒有被大集團連鎖店和屋苑商場完全征服，仍然殘存好些下舖上居的街坊小店。「大關機」之後，區內各大超級市場無人開門，反倒這些小型商店仍在販賣食物及各種日用品。

物價當然很快就被哄抬上去。愛群手裡的錢已剩不多，又無法到荃灣的茶餐廳上班拿工資。她忍痛用比平日貴數倍的價錢搶購了十幾條白麵包、一堆罐頭和兩大瓶蒸餾水。

——我不吃，家裡女兒都得吃啊。

過了兩天，就連這些小店舖也不開門了。店主們也都察覺情況不對勁，市面完全沒有要恢復的跡象，他們選擇先把餘下的糧貨存著。

註：對已婚女性的稱呼，太太的俗稱。

再隔了一天，開始有人將囤積的糧水拿到街上炒賣，價錢又再推高了數倍，可是一樣有人問津，只消半個小時就賣光。愛群買不起，只能一直站在人群外頭看著。眼見這搶購的情景，她更加感到心寒。

看著人群散去，遺下一地的破爛紙皮，愛群只好無奈離開，在深水埗街頭繼續碰運氣。

街上許多人都跟她一樣四處尋覓賣食物的地方。她瞧著每個迎面經過的路人。不知道是心理作用，還是眞的因爲大家都不夠吃，愛群感覺眼前路人的眼神全都改變了：

變得有點像野狗。

愛群經過鴨寮街，看見那兒又圍著一大堆人。她以爲再次有人在買賣糧水，慌忙擠進去，卻發覺原來是個賣二手舊電器的攤子。

攤檔主人不知從哪兒找來一具柴油發電機，成功接駁到老舊的電視機上。每個人都緊張地盯著那黑色的顯像管螢幕，希望看見有甚麼政府的廣播宣布或者新聞報導，告訴他們這個星期到底發生了甚麼事。

通電之後，電視機螢幕漸漸發出光華。眾人興奮譁然，彷彿看見希望的火光。

可是任憑攤檔主人如何調校，電視畫面還是雪花一片。

他又嘗試接駁衛星天線，看看是否能夠收到外國的新聞頻道。結果數百個亞洲鄰近地區的頻道，仍然無一接通。

「好奇怪……」人群中有個身穿軍裝的中年漢喃喃說：「這種畫面，似乎是有人把衛星訊號jam了！」

愛群聽不懂甚麼叫「jam」，只看見身邊的人聽到這句話，表情都顯得驚慌。

「我聽說，有人親身去過禮賓府和政府總部，都丟空沒人啦……」「你聽誰說的？沒有電話，你知道港島那邊怎麼樣嗎……？」「解放軍營呢……？」

眾人七嘴八舌，愛群沒有完全聽明白，但也大概了解事情已經變得多嚴重。沒有人知道這個大停頓到底還要過多久才修復——或者會不會修復。直到現在都沒有一個能夠拿主意的人走出來，告訴大家發生了甚麼事情。

不可知，才最可怕。

愛群越聽越感到慌亂，不想再在這群人之間逗留。她心裡想著挨餓的女兒，緊握著只剩百來塊的錢包，在街上繼續找食物，結果只是不斷地失望。

想到家裡只剩下半條麵包，愛群的身體不禁在炎夏中打顫。她來了香港不到兩年，實在想不到能找誰幫忙——在香港她唯一認識的人，就是已經跑掉的老公。

——不是說這裡是全中國最安全的城市香港的嗎？竟然會餓死人？那我幹嘛還要來？

愛群沒有放棄，一直走到荔枝角，逐條街去尋找食物。

東北農家出身的愛群長得很高壯，氣力和耐力強過不少香港男人，連著走了幾小時都沒有停下來。直到晚上十一時多，又餓又渴的她擔心家裡女兒的安全，這才喪氣地回頭而去。

——怎麼辦……這樣子下去，再過幾天怎麼辦……

經過長沙灣時，她聽見前面有大群人起鬨的聲音。許多人拚命朝著前方街道奔跑，手裡都拿著購物袋。

愛群想起來：前面有一家區內最大的「百康」超級市場。

她眼神一亮，緊緊跟著人群跑過去。

在「百康」超市的大門外，人群包圍著一名中年男人。男人的白襯衫早就被拉扯得到處破爛，額角傷口的鮮血直流下來，血漬令他的面容更顯得驚慌。男人身邊地上放著一輛小小的手推車。

原來他正是這家「百康」超市的經理，想趁著深夜偷偷進去拿取糧食，卻被整天守在超市外的街坊認出來了。

「快開門呀！我們要買東西！」群眾憤怒地吼叫：「自私鬼！我們也得吃呀！」

憤怒的群眾彷彿要將經理撕碎，經理抵不住這凶暴的壓力，顫抖的手拿出鑰匙來，蹲下打開鎖頭，並按下大門的密碼。電動閘門升起還不到半個人高，前排的群眾已經低身衝進店裡去。

愛群拚命跟著人們硬擠進去，胸背被壓迫得透不過氣來，難受得有點頭暈。但一想到女兒，她就生起異常的力氣，硬把兩旁的人擠開。

好不容易進到超市，一看見能吃喝的東西，她就拚命抓來抱在懷裡。才幾分鐘，愛群的兩條手臂已滿是別人指甲抓出的血痕，好像從帶尖刺的鐵絲網圈裡抽回來一樣。

眼看貨架很快被掃空，再也搶不到甚麼，愛群抱著食物開始往出口擠，同時掏出鈔票來。

四周許多人都跟她一樣，一手抱著東西，另一手舉著錢，焦急地高叫：「我要買這些！快收錢！」

這是非常奇怪的反應。

他們都忘了，超市裡根本就沒有收銀員。

愛群感到有重物壓在她腳旁。她低頭看看。

是個血流披面的女人。

愛群還沒意識到是怎麼一回事，突然一記沉響，她感覺右額角像猛烈炸開來，眼前閃現一片強光。

那光芒迅速消退，讓愛群恢復了少許視力。她隱約看見眼前有個穿軍裝的男人，手裡拿著裝了幾個罐頭的塑膠袋。袋子的下端染滿鮮血，還黏著頭髮。

愛群接著就失去知覺，高大的身軀如生病的大象般重重跌下。她抱著的食物散滿一地，數秒內又落入其他人懷抱裡。

陸續有更多人倒下來。

許多鈔票從他們手裡滑落，撒滿了一地。

無人去撿拾。

□

香港人的理性和克制確實非常罕有：一個城市竟然全面「關機」幾乎一星期之後，市民才眞正進入恐慌與暴亂。

將來當這事情過去之後，香港人值得爲此而自豪。

——假如，到時候還有「香港人」存在的話。

WEEK 2 逃出香港

KEYWORDS: 中環價值　西九　中港車牌　移民　邊界

Kenny在黑夜大雨之下的草叢裡拚命爬行，心裡只想著要逃離那失控翻倒的轎車。爬出好一大段後，體力和意志都終於崩潰。他軟軟俯臥地上，頭臉埋在草堆之間，無法抑制地失聲痛哭。

Kenny那套量身訂作的英國料子灰色西服早已濕透，在黑夜的郊野中，無法看得清衣服上滲染的哪些是雨水、汗水還是鮮血。

哭泣中Kenny的精神漸漸放鬆，體內分泌的腎上腺素消退，痛感才開始侵襲而來。他的左邊上臂和大腿都給大口徑機槍子彈劃傷，雖然僅僅只是擦肉而過，但相當於被又鈍又猛的刀子高速地狠狠割破，傷口傳來火燒般的劇痛。

Kenny的腦袋好一陣子都陷於空白，渾然忘卻自己身在何地。直到眼淚差不多流乾，他的思想才能夠慢慢重新組織，到底先前那三十分鐘裡發生了甚麼事情……

一切都因爲兩個星期前。

二〇一X年七月二十二日晚，香港「大關機」。

電力和食水突然斷絕；所有城市機能癱瘓；政府不知失蹤到哪兒去了；市面出現暴力搶掠……強烈的恐慌，迅速在這都市裡擴散。

「大關機」後一個星期，仍然看不見恢復的跡象，Kenny跟許多中環精英一樣，只在咒罵政府無能，還抱怨工作及投資停頓造成巨大損失，腦海裡壓根兒沒有思考過更大的危機。

——這裡是香港！香港呀！不可能就這麼給世界遺棄的！

對於Kenny來說，這個「不可能」的信念深印腦海——設想你也是個年佣金八位數字的投資銀行家，自我感覺會是多麼地強大，多麼地無堅不摧。在你的世界裡，絕對不會發生超越常識的事情。

然後又過去幾天。Kenny終於發覺，手上再多的現款和信用卡，都買不到食物和水，自己竟然要坐在價值過億的西九豪宅裡餓肚子。原有那股堅強信念，開始出現裂痕了。

——說不定，眞的有遠遠超乎我們想像的嚴重事情發生……

自小讀書成績優秀的Kenny，對一切沒有實用價值的文學書本嗤之以鼻，科幻小說或驚慄電影更從來不看。「大關機」並沒有讓他聯想起甚麼喪屍、外星人或者核戰危機。他只知道，香港現在出了很大的問題。

不行了。要走。

——逃出香港！

這是Kenny得出最自然的結論。

這已經不是他人生裡第一次逃走：三十年前還在讀中二時，因為香港前途問題，他跟家人加入了移民大軍——說好聽是「移民」，實際跟逃亡沒有很大分別。

Kenny至今還沒有家室，反倒是住在同一棟豪宅大廈的弟弟已經結婚，還生了個兒子。Kenny到樓下去找弟弟夫婦倆，發現他們早已收拾行李。原來大家的想法相同。

「這情形下，機場和碼頭一定沒有運作。直接自己駕車回內地吧！」弟弟建議說。

Kenny本來也是如此打算，於是回家收拾行裝，跟弟弟一家在大廈停車場會合。四人坐上了Kenny那輛掛著中港車牌的「賓士」轎車，乘著夜色出發。

開車時Kenny心裡已經在盤算，到了深圳之後應該找哪幾個內地朋友幫忙。香港的通訊網路全部都斷掉，現在無法聯絡得上，只好等過了關卡再說……

車子行駛到半途，漸漸下起大雨來。因爲電力截斷，所有路燈都壞了，晚上的高速公路，能見度非常低。

距離關口應已不遠。可是Kenny還看不見前面有任何燈光。

——難道這場持久的大停電，連邊界另一頭都波及了嗎？

姪兒沿途一直把臉貼在窗前，安靜地往外看，這時突然呼叫：「爸爸！外面有很多沒有人的車子……」

「大人已經很煩了，別胡說！」弟媳斥責兒子。

就在這剎那，Kenny隱約看見前頭的黑暗遠方爆閃出光點。

車窗接連遭受穿透性的重擊。

Kenny還沒明白發生了甚麼事，鄰座弟弟噴灑的鮮血已然濺到他臉上！

他本能地扭轉方向盤。輪胎因濕滑失控，衝上路旁草叢，整輛車子橫向翻轉。

猛烈的掃射仍沒有放過翻倒的「賓士」。金屬被密集貫穿的爆響持續了大約十秒，直至車子毫無動靜爲止。

被安全帶倒吊在駕駛座的Kenny，過了半分鐘才確定自己仍然奇蹟地生存。他左右看看，只見弟弟夫婦跟姪兒都已被掃射得不似人形。

Kenny勉強壓抑著精神的巨大衝擊，從冒煙的車子裡緩緩爬出去，一直在暗黑的草叢間爬行，拚命遠離死亡和危險……

Kenny此刻哭過也休息過，終於能夠蹣跚站起來。一種極強烈的窒息感覺淹沒心頭。不止是因爲慘失至親，還因爲知道了一個駭人的事實：

香港不只內部停頓，邊界也被封鎖了！而且是用上這麼猛烈的手段！是完完全全的shutdown！

「不！一定還有方法的……一定要逃走……要活下去……」Kenny嗚嗚哭著，翻找身上口袋剩下些甚麼。錢包還在，裡面三張黑色信用卡跟大疊鈔票，平日是萬能的護身符，這種時候卻成了徹底的廢物。他再摸摸另一邊口袋，有浸濕爛掉的雪茄和火柴盒。還有……

Kenny碰到口袋裡一件小東西，眼神頓時一亮，五指將那物事緊緊握在掌心裡。

——行了！有這個，一定能夠逃出去！

他吃力走到公路旁，坐在路邊的石駁上耐心地等待。

過了大概一個小時，雨都停下來後，公路遠處黑暗的盡頭，終於再次出現車燈的光芒。

Kenny看見，不顧一切地跌跌撞撞衝出去，用身體去攔阻那輛正要前往邊界的七人座休旅車。

「不要去！一接近就會開槍殺人！邊界已經封鎖了！我有——」

車燈映入Kenny的眼瞳裡。

他的身體瞬間被那七人車撞飛！

車子撞到Kenny，卻沒有慢下來半點兒，仍然全速向著關卡的方向瘋狂疾馳。

奄奄一息的Kenny躺在路旁。

他手裡仍然緊握著從口袋裡找到的那件小東西。

一支遊艇的鑰匙。

遊艇的主人不是他，而是一個月前有位寵信他的富商大客戶借給他使用。

Kenny的身體有如一具被摔破的玩偶，只是軟軟癱著。此刻他卻沒有感覺任何痛苦，而是幻想自己身在陽光下的大海中央，駕著豪華遊艇，自由自在遠離香港……

斷氣前一刻，Kenny第二次聽見遠方傳來連串的機槍掃射聲。

□

兩天之後，Kenny那個富商客戶全家乘著遊艇，試圖逃出香港水域。結果在即將進入公海範圍前，連人帶船被轟炸成碎片，沉入深沉的海底。

香港，已經成了無人能逃脫的囚籠。

WEEK 3 新社會

KEYWORDS：石梨貝水塘　雙鷹紋身　馬騮　社會學

根據社會學家韋伯的定義，一個國家或政權，無非就是「暴力的壟斷者」。

龍哥連初中三年級也沒讀完，甚麼叫「社會學」都不知道，但他很明白這個道理。

二十幾年的江湖經驗教會了他一切。

二〇一X年八月十日下午。龍哥坐在石梨貝水塘岸邊乘涼。他脫掉印花襯衫，露出胸口一雙顏色早已變淡的飛鷹紋身，嘴角叼著薄荷菸，手裡握著牛肉刀，看著水面折射而來的陽光再反射在銀白的刀鋒上。他無意識地晃動手裡的光華，吞吐著煙霧，陷入了深思。

龍哥今年四十四歲，年輕時非常自豪的一身鋼條肌肉已經開始鬆弛；肚腹因爲每星期太多火鍋與啤酒，鼓成了一個小山丘；染棕的頭髮則日漸呈現V字額。

龍哥還以爲，自己下半生都不用再親自拿刀幹活。他苦笑。

自從三星期前「大關機」開始，全香港停電、停水、通信交通斷絕、政府失蹤、邊界封鎖……市面的打砸搶掠還沒有出現之前，龍哥已經很敏銳地意識到：

這種亂狀，不正正就是我們「古惑仔」的世界嗎？

在他的職業裡，沒有比「疊馬」（聚眾）更重要的事情。「大關機」發生之際，幸好他就在旗下勒索入線費的小巴站頭巡視。爲了節省手機費用，他那兒的手下一向都用無線電對講機工作；當時手機網絡已經失靈，龍哥卻仍然能夠用無線電聯絡到街上十幾人，並且命令他們盡量把旺角區內的同門都找回來。

「越多人越好！還有，一定要拿『架生』（武器）！」

當其他江湖大佬都無法應付這突來異變時，旺角鼎鼎有名的前金牌打手「雙鷹龍」，已經聚集了門下過百人，而且全部都有武器！

龍哥拋掉已抽完的菸蒂，從石頭上站起來，伸了個懶腰。

毒辣的陽光底下，他的手下仍在毫無怨言地工作。他們用人手一桶接一桶地打水，倒進大鐵桶裡，再用手推車運到停在馬路的貨車上。

要管理這班「細佬」可不是易事。龍哥在江湖上打滾已久，看通透人性，他知道在這麼極端的景況下，不能妄想仍然靠幫會的傳統威權來維繫手下——當人人都可能餓死時，還指望他們像以前般承認你這個「大佬」？

只有力量，才是最直接的訊息。

龍哥第一次領著手下去搶超級市場時，故意先親自出手，拿一個不相識的可憐蟲「祭旗」，一刀將他砍倒。

龍哥上次親自拿刀「劈友」（砍人）已經是八年前的事。可是有些事情是必須要做的：他要手下看見他的「狠」。

這一刀非常奏效。百多人就此貼貼服服——他們都深信跟著龍哥，能夠在這不明的局面裡，提高自己的生存機率……

社會情況變了，但是「行古惑」的公式是不變的。無論何時都要看準人們最需要甚麼東西，然後想辦法控制到手裡。

最初有些手下還笨笨地去「豐滙」連鎖電器行搶最新出的iPhone 8，或者去「米羅站」搶限量版的ＬＶ包包，全部給龍哥狠狠責罵。

「還拿這些垃圾幹嘛？要能吃喝的呀！還有汽油和急救藥品！」

更逼切的需要當然就是水。搶到最基本的補給之後，龍哥第二步就來到這個最接近九龍市區的水塘，將水運到市區內，以非常苛刻的條件，換取（或者更準確說是榨取）人們手上的糧食和必需品。

石梨貝水塘的範圍實在太大，龍哥的手下要完全監控當然不可能。他的解決方法，是下令一看見偷偷來水塘取水的人，甚麼都不用說，砍！就算追到大埔道上也要砍倒！這雖然很殘忍，但龍哥沒有選擇。這是最簡單的經濟學：不增加別人來取水的風險成本，龍哥團隊運送回市區的水就沒那麼珍貴了。百幾個兄弟，再加上每人的家屬，幾百口人隨時都會挨餓，可沒有任何仁慈的餘裕。

龍哥把牛肉刀插回腰帶間，在塘邊的緩跑徑上踱步。他苦笑著想：以我的商業頭腦和直覺，要不是自小家境貧窮，可能會去讀個甚麼工商管理系或經濟系碩士，然後在中環當個經理，又或者自己當老闆，這些年的人生就完全不一樣⋯⋯可是身處現在這突變，走上江湖路反倒成了一種幸運。眞是諷刺！

他看見山邊有幾隻猴子的屍體。自從沒有人來餵飼後，馬騮山一帶常見這慘酷的光景。不是餓死就是爭食打死的吧。

——現在的我們，跟猴子其實也差不了多少⋯⋯

手下差不多完成工作了。龍哥跟隨著最後一輛手推車走回馬路，監察他們把鐵桶搬上貨車。

「小心呀！縛好鐵桶，不要半路跌下來！」

這時卻有車聲在馬路遠方接近過來。

負責運輸和護送的古惑仔有近二十人，他們紛紛從三輛車子裡拿出牛肉刀和鐵水管戒備。他們這些星期以來都已累積了砍人的經驗，個個的表情非常冷靜。

可是當看見來的是甚麼車子時，就連龍哥本人都面色大變。

是警車。

龍哥還沒有搞清楚是甚麼事情前，那輛衝鋒警車就停在他跟前十來公尺外。車門迅速打開來。

兩柄霰彈槍跟三把手槍的槍口，對準著龍哥等人。

「不用我多說吧？」警車的副駕駛席那邊有個男人下來，冷笑著說：「車子、車上的東西、武器，全部留下。你們自己走回去吧。」

這男人一身便服，但卻戴著警帽。當然，帽子不是重點，腰間和手上的槍械才是。

龍哥不發一言就拋下牛肉刀。他知道沒有反抗的餘地。是完全不同層次的力量。——沒有掉命已經算好運。對方也許只是想省下子彈吧？

龍哥的眾手下垂頭喪氣，不敢哼一聲，展開痛苦的徒步之旅，朝九龍市區的方向邁步。

當龍哥經過警車時，那戴著警帽的男人又向他招招手。

「你這個當大佬的，應該比較明白事理……」

男人拍拍腰間的槍袋，冷冷一笑。

「不管社會怎麼變，有些事情仍是不變的：古惑仔，還是要怕警察。」

WEEK 4（上）遠行者

KEYWORDS：新世紀福音戰士　cosplay　半島酒店　望遠鏡　左輪

無人知道這個消息到底是何時由誰開始傳出來，直到現在流傳出許多個不同的版本，但是說法大概都一致：

「大關機」那一夜，有一架飛機墜落在香港市區。一切反常與封鎖，都是從這開始的。

關於墜機的確切地點，言人人殊。有人說是中環，也有人說是尖沙嘴海旁；亦有說法是銅鑼灣鬧市中央或者維多利亞公園……總之還沒有人能夠確切證實在哪兒發生，或者到底有沒有發生——這種時勢，多數人都在忙著生存，哪有這閒工夫理會這等不明來歷的流言？

不過世上還是有這種閒人。例如阿傑。

阿傑在街上聽到這個奇特的墜機傳聞時，已經是「大關機」後第四個星期。當時他就下定決心要去看看是不是眞有這麼一起神祕墜機事件。

像阿傑這樣的宅男，竟然過了一個月還沒有餓死，連他自己都不敢相信。

「大關機」後最初那幾天，他只是一味躲在家裡睡覺，完全跟外面隔絕，只希望有一天睡醒過來，就看見一切恢復正常。

到後來肚子眞的餓得不行了，阿傑才忍受不住，開始走上街去找能吃的東西。有好幾次他餓得快要當場昏倒，但又幸運地撿到人家打鬥爭奪時遺留下的殘餘剩食。

宅男本來就對食物毫無要求，平日不管甚麼垃圾食品，隨便就當一頓飯，現在每天只是乾啃過期的麵包皮或者餅乾碎片，阿傑也不覺得特別難受。倒是冰凍的可樂令他非常懷念。

很奇怪，發生了這樣巨大的災難，阿傑卻直到現在都沒有怕死的感覺。也許是因爲平日就對現實世界有點麻木吧？

「要是香港眞的就此玩完，我就跟大家一起死吧。沒甚麼大不了的。」

阿傑是眞心這麼想。二十多年來讀書、工作和社交生涯都不斷經歷失敗，阿傑很清楚自己只是個非常、非常平凡的人。雖然說像「新世紀福音戰士」動畫裡的主角碇眞嗣，也不過是個普通得過分的中學生，但阿傑還沒有「宅」到分不清楚想像跟現實。他並沒有幻想過自己是那種在世界末日裡還一定能夠奇蹟倖存下去的歷險故事主人翁。

可是在聽到那墜機傳聞之後，阿傑卻突然有了個目標：他很希望親自去看看答案。自己有生之年竟然碰到「大關機」這麼超現實的歷史大事，假如到死都不知道發生的原因，就像玩電腦遊戲打不到「爆機」場面，或者看長篇動畫等不到大結局，一樣地不甘心。

於是他帶著僅有的糧水，還有各樣必需品，就離家上路去。

說到「必需品」，有些倒是一般香港人家裡不會藏有、現在卻變得非常有用的奇怪東西。例如那個雙筒型的解放軍望遠鏡，是阿傑幾年前看了一部戰爭電影，心血來潮去鴨寮街買的——突然對某種東西異常熱衷，正是宅男的本色。

還有一柄四呎多長的日本刀——說是「刀」，其實不過是鋁合金造、無法開鋒的假貨。這是前年在動漫節看見的cosplay道具，覺得造型不錯就買下來。阿傑沒有練過任何武術，根本不會使這東西。可是將這柄長得誇張的假刀揹在身後，應該可以阻嚇來找麻煩的人。

揹著長刀，走在荒涼無比的彌敦道中央，阿傑果真有幾分動漫遊戲人物的模樣。

他的家在油麻地，第一站當然是先去尖沙嘴看看——那是其中一個傳聞中的墜機地點。

他一直向南走，經過一排排早被搶光的商店食肆。不時看見街旁躺著不動的人，許多大概已經死了。有些是從樓上跳下來的吧，阿傑想。持續了這麼久的絕望狀態，抵不住壓力而自殺的人越來越多。

偶爾聽到車子駛來的聲音，阿傑就慌忙躲起來。現在仍有膽量公然在市區裡駕車的，不是古惑仔就是警察（其實再喚那些人作「警察」已經意義不大）。阿傑知道，這兩種人都必定要避開。

阿傑走到彌敦道的盡頭。天空冒著濃濃的黑煙——是「半島酒店」，被燒剩一個空殼。

至於傳說中墜落的神祕飛機，影兒都沒有。

其他傳聞中的地點都在港島，阿傑得先找渡海的方法。聽說渡海小輪早就全部被人劫走，用來逃出香港（結果還沒到達公海已經被炸成粉碎），只剩下走海底隧道這條路。

到達紅磡香港體育館時，阿傑已經很累——畢竟這不像平時，長期的飢餓大大削弱了體力。他看看腕上橘色的G-Shock塑膠手錶。八月十六日，下午四時二十三分。不快走，太陽就要下山了。這一個月來，阿傑從沒在晚上外出。他不敢肯定在黑夜的街道上，自己有多大的存活機會。

就在快步走往隧道口時，後面有聲音叫住他。

「喂，你反正是要送死，不如把那副望遠鏡送給我吧。」

是個跟阿傑差不多年紀的青年，身子卻明顯比他健壯結實得多，步伐靈敏得像豹子。青年跟阿傑一樣，身上帶著各樣不同的東西，手裡拿著纏了布條手柄的水喉鐵通（鐵水管），軍褲大腿口袋露出廚刀柄。

青年緩緩走過來。阿傑雖然有點害怕，可是他並沒有反抗或逃跑的自信，只有呆呆地站在原地。

青年拉起阿傑背上的刀，笑了笑說：「果然是假貨。」

阿傑聽出來，對方已經跟蹤了自己一大段路，而且一直在暗中觀察。這人一定很有本事。

——假如有個這樣的同伴……

阿傑考慮了一會兒，終於鼓起勇氣問：

「你也是要去找那飛機嗎？」

青年聽了點點頭，黝黑的瘦臉露出燦爛健康的笑容。

「如果要生存下去，最少應該知道到底發生了甚麼事。你也是這樣想的吧？」他問。

不是的，我沒有想生還的事，不過是想在死前弄個明白而已——阿傑心裡這樣說。不過他懶得解釋。對著一個思想這麼積極的人，自己的理由突然就變得非常無聊。

雖然無聊，阿傑還是想堅持走下去。在以前「正常」的人生裡，他很少這樣吃苦堅持做一件事情。至少在死前做一次吧。

阿傑把掛在頸上的望遠鏡拿下來，送給青年：「交換條件是讓我跟你一起走，行嗎？」

——就像玩網路對戰遊戲，如何強勁的裝備，都比不上擁有厲害的隊友重要。

青年歡天喜地拿過望遠鏡：「事先聲明啊，眞的有危險時，我未必會救你。」

他把望遠鏡掛上自己頸項，接著從軍褲的口袋掏出一把槍，檢查槍裡的子彈。

阿傑瞪大眼睛。一看就知道這是從前警察用的舊式左輪手槍，幾年前已被警隊淘汰。

「別問我怎麼得來的。」

青年說著，就帶阿傑走往海底隧道的入口。

WEEK 4（下）Ground Zero

KEYWORDS：海底隧道　黑煙　Sogo　UFO　Biohazard

到了海底隧道的紅磡入口，阿傑才知道有這個同伴是多麼幸運的事。

廢棄的收費亭前方盤據著一大群男人，全都拿著刀子和棍棒，正圍著火爐「ＢＢＱ」。

阿傑看不見他們正在烤甚麼肉，也不敢猜。很久沒有吃過燒烤，那香氣雖然可疑，還是令他肚子作響。

同行的那個青年——他自我介紹叫「黑仔」——沒有顯露出半點畏懼。他一直向入口走過去，有意無意間展示著手裡的左輪手槍。

那些「收費員」搖晃著手上的武器，野狼般的眼神盯著黑仔和阿傑走過，卻並沒有任何行動——雖然他們的人數遠超過黑仔手槍裡的六顆子彈。

黑仔說：「記著，不能走太快，也不要走太慢。」他將手槍塞進腰帶間，掏出手電筒，另一隻手拖著阿傑，走進漆黑無光的隧道深處。

被一個陌生的年輕男人拖著手，阿傑感到非常尷尬；但深入隧道之後，他半點不敢放鬆黑仔的手掌：外頭的午後陽光雖仍猛烈，這停電的海底隧道深處卻是漆黑一片，兩人只靠著小小的手電筒光芒照著前路行走。

那感覺果真就像走在深沉的海底裡一樣。

阿傑這時才明白，黑仔爲甚麼說不要走得太快或太慢。他感到有點暈眩，呼吸也顯得困難——隧道的抽風系統已經停頓多時，深處的空氣含氧量很低。走太慢可能捱不到對面出口；走太快又會令呼吸心跳加速，可能更快倒下來。阿傑不敢想像，暈倒在這裡的後果。

——這些困難，阿傑先前完全沒有思考過，甚至連照明裝置都沒有準備。他更加覺得黑仔遠比自己厲害。

遠遠看見隧道港島出口光芒，阿傑高興得想跳起來。空氣漸漸變得清新了。

不過是很短的路程，可是出了隧道後，兩人還是要坐在地上喘息。阿傑拿出珍貴的水瓶跟黑仔分享。他們看看天色。已經過了下午五時半，因爲是仲夏，陽光還很猛。

「你猜港島這邊的情況會不會比九龍好一點？」阿傑提出來：「這邊隧道口沒有……惡人看守。而且在隧道裡我們也沒有遇到走去九龍的人。」

「最好是這樣。」黑仔同意：「我們今晚肯定要在這邊過。」

他們趁著休息，比對一下各自聽到關於那神祕墜機地點的傳言。大家聽聞的版本都差不多，於是決定先往銅鑼灣鬧區的方向走，假如沒看見，就順道再去維多利亞公園。

在路上，阿傑漸漸變得滔滔不絕。他實在太久沒有談話的對象了。阿傑說的都跟現在的事情無關，而是「大關機」前生活的無聊事：最常打哪個電腦遊戲、愛看哪一部日本動畫、覺得哪個韓國女子歌舞組合最可愛之類。

——只是過了一個月，但從前正常生活的記憶，好像已變成上世紀的事情般令人懷念。

「對不起，這些我都不太看。」黑仔帶點不好意思：「你是宅男吧？我讀書時，有欺負過像你這種同學呢。」

阿傑想起來，中學時代常常就被黑仔這類運動健將同學作弄取笑。可是現在阿傑對黑仔並沒有半點反感，心裡更已經將他當作朋友，忘記了大家相識還不到三個鐘頭。

在行車天橋的高處，黑仔用阿傑送他的望遠鏡眺視。

「沿途我就覺得奇怪：怎麼連一個人都看不見？」黑仔說著，把望遠鏡遞給阿傑看。灣仔海傍的街上果然全無人影。相比之下，九龍的街道雖然都很荒涼，但還未至於這樣人跡全滅。

阿傑再仔細看，遠處各街道零星堆著燒過的東西，有些仍然在冒煙，看不清楚到底是甚麼。

「也好。至少看不見死人啊。」阿傑勉強擠出樂觀的笑容。

□

走在軒尼詩道上，兩人終於看見遠處那景象，心頭感到莫名的震撼。

大道兩邊高樓大廈的外牆和窗戶淒慘地接連破裂，好像被甚麼極巨大的東西沿著街道狠狠刮過。

——是……是了……

黑仔和阿傑緊緊閉著嘴巴，不發一言地繼續走向銅鑼灣。

那巨物安靜地落在Sogo外頭——就是那個從前最繁忙的路口上，在柏油路面撞出一個深深的大凹洞。

通體黑色的巨物斜插在洞裡面，大概達三層樓高。奇怪的外貌讓人聯想到某種深海生物。以不明材質製造的外殼到處損毀嚴重，那形狀怎麼看也很難讓人聯想到飛機。勉強可以看作機翼的部分，上面並無任何號碼標記。

「喂喂，你看這麼多科幻動畫，你有見過像這樣的東西嗎？」黑仔用望遠鏡不斷觀察。一直表現冷靜的他，此刻身體在微微顫抖。

阿傑搖搖頭，激動得有點想哭。

——是外星人的ＵＦＯ！終於給我看到了！

「讓我先過去看看。」阿傑自告奮勇。他覺得自己一直都依賴黑仔，這次是出力的機會了。

「小心啊。」黑仔把手電筒交給他，自己則拔出手槍。

阿傑走近過去。那東西的陰影投在他頭上，更感覺到它的巨大。

異物底部有個裂口，阿傑連忙探頭用電筒照射，心裡正在興奮地猜想，會看到甚麼有趣的外星科技。

可是他一下子就失望了。裡面是兩排倒轉的機艙座椅，還空空吊著安全帶。阿傑又看了一輪，沒甚麼發現，於是揮手叫黑仔走過來。

他們爬進去四周察看。機艙的電子儀器上標記著英文字。

——不是外星ＵＦＯ嘛。

黑仔說：「原來還是飛機。是沒有見過的試驗型號吧？軍用的嗎？飛機、汽車這些我一向沒興趣研究。」

阿傑這時發現腳邊有個像小罐子的東西。他拾起來，似乎已經空了。

阿傑把它轉過來，看看罐上的標籤。

他的眼睛瞬間瞪大。背項冷汗直冒。

阿傑急忙把空罐塞進褲袋，然後看看黑仔的背影。

黑仔似乎並沒有發現他的異動。

阿傑一言不發，卻陷入了巨大的恐慌。他並非突然怕死起來，只是他很喜歡黑仔，不想死在黑仔的手槍下。

——假如黑仔看見阿傑拿著這個罐子，大有可能會馬上就把槍口對準他。

阿傑開始明白，怎麼街上沒有人，卻遺下有很多燒過的東西。

——是在燒屍體。感染者。

罐上的標籤，就算不喜歡玩電腦遊戲的人都認得出來。

三個「品」字型排列的月型圓圈。

是「**生物性危害**」（Biohazard）的標誌。

WEEK 6（上）記者

KEYWORDS：墨水筆　記事本　偵查報導　病毒

老馬跨過已破碎許久的玻璃櫥窗，踏進店鋪裡，四周翻找想要的東西。

「大關機」後不久，這類名牌商店全都馬上成爲搶掠的對象。店裡可見的櫃子空空如也，皮革包包、金錶、寶石飾物等等早就給搶光。

老馬失笑。當時搶到那些名貴東西的人一定非常高興吧？他們卻沒想過拿到手裡的，如今都已經變成既沒有用途又吃不進肚子的垃圾。

——當然沒想過。誰能想像一座城市會就這麼死掉？

老馬在店裡繼續尋找。他知道他要的東西應該還在。

終於在一個小櫃子裡找到了：整排的墨水鋼筆。因爲它們是店裡最平價又沒有任何寶石裝飾的款式，所以沒有人碰。雖說「平價」，但以老馬從前那份微薄的薪金，再加上每個月贍養費的負擔，他想也沒想過要買；現在一手就抓幾支塞進口袋裡，他不否認確實有一絲快感。老馬順道也把放在櫃子旁的墨水瓶帶走。

老馬踏出那家名店。燦爛陽光灑在空寂無人的遮打道上。他拉高口罩，揹起大背囊，走在冷清清的馬路中央。

雖然知道背後慘烈的原因，也深知已經死了多少人，老馬還是無法自已地享受著這麼寧靜的下午時刻。

走到終審法院——前立法會大樓——的古老石柱旁，他坐在石階上，掏出一管筆打開來，將24K金筆嘴伸進瓶裡吸墨。一切動作都很慢。這種快要失傳的事情，本來就應該慢慢做。到了這個「後關機時代」，更加沒有急的理由。

——「大關機」這個名詞最初就是老馬發明的，結果真的在港島各處流傳開來，他頗是沾沾自喜。

老馬從背囊掏出皮革面的記事本，裡面已經密密麻麻寫滿了好幾十頁。他把筆尖沾上去時不禁微笑：德國造的筆，義大利做的筆記本。好奢侈啊。

寫下的日期是二〇一X年八月三十一日。

「直到現在還沒有人能確定：真的有病毒在散布嗎？」

老馬是個記者。或者應該說，以前是個記者——當他的報社還存在的時候。

但老馬心裡的想法卻剛好相反：

——我現在才是個眞正的記者。

老馬本就處於被行業淘汰的邊緣。在一個免費報紙和網路新聞佔去百分之八十市場、所有文字報導不能長過三百字的時代，像老馬這種人已經變成了古董——雖然他才五十一歲。公司裡的年輕同事都在背後譏笑他。同代的行家不是升上了管理層，就是早已轉行。

「大關機」之初，他並沒有抱著甚麼「新聞工作者的神聖使命」之類，而只是純粹覺得應該爲這樣的大事好好做個記錄，而開始把所見所聞寫下來，文字全無修飾，也沒有甚麼組織可言，因爲根本沒打算給誰看。可是過了不久，他卻好像中邪一樣，將所知的一切全都不放過寫下來，而且漸漸不限於記錄，還加入了自己的分析和推測：爲甚麼一切會停頓；整個政府高層和駐港軍隊何時消失；封鎖香港的理由……他把那架神祕墜落的飛機那奇怪外形素描在筆記本上；記載了在北角目睹的血腥屠殺和搶掠；甚至連港島主要幾個地區的武裝勢力分布圖都做出來了。

雖然從來沒有半個讀者，老馬卻帶著無法撲熄的狂熱，寫滿背囊裡一本接一本的筆記本。

意想不到的是，這個「工作」竟然還救了他的命。

老馬大著膽子，去找不同勢力的老大訪問。這些殺人燒屍全不皺眉的傢伙，居然都很歡迎他。他們好像都已經憋了很久，迫不及待向老馬傾訴這個多月來的經歷，更要求他毫無遺漏地記錄下來。完成訪問後他們還送糧水和各種必需品給老馬作爲答謝。

又有幾次，老馬在街上碰到非常危險的人馬。他拿出寫滿字的筆記本來，表明自己「記者」這個身分之後，對方竟然都很神奇地放他走——而且吩咐老馬一定要把他們也寫進筆記裡。

能活到現在，靠的就是紙和筆，老馬自己都覺得有點不可思議。

關於這點，他自己在筆記裡這樣分析：

「大概到了這種境地，不管多強悍的人，都無法保證自己能夠活多久。他們本能地希望能夠留下活著的紀錄，也不是甚麼怪事。」

老馬想起以前報社裡的年輕同事——哼，換成你們，拿著筆也忘記怎樣寫字了。你們就繼續抱著已經變成廢物的電腦吧。

至於前妻，老馬一次也沒想過要去找她。

——那八婆，最好已經餓死！

然後「超級病毒」的傳言開始傳揚開來，老馬就更加沉迷調查這個謎團。

直到現在他還沒有親眼見過一個因爲病毒而死的人，因爲病毒傳言而被殺的人卻數也數不清。這更促使他尋找這事情的眞相：那病毒是眞的嗎？

老馬用金筆在紙上疾書：

「我見過那張印著『生物性危害』標誌的招紙（告示）。是一個古惑仔偷偷拿給我看的。這是異常致命的祕密：他手上有這東西，等於有接觸過病毒容器的嫌疑，人們會毫不猶豫地殺死和燒掉他；我跟他有接觸，也面對同一命運。這就是事情的可怕之處：殺人的**不是病毒本身，而是對病毒的恐慌……**」

這時，一個陰影從後面投落在老馬的筆記本上。

老馬抬起頭，看見一個大概二十後半的年輕男人，正站在他後面，偷看他寫筆記。

這年輕人的樣子似乎不怎麼凶狠，但衣服上多處都染了血跡。他背後斜斜揹著一把很誇張的大刀，手上拿著從前警察用的舊左輪手槍。

「你好像知道很多事情。」年輕人說：「可以告訴我嗎？」

老馬在口罩底下的嘴巴笑了。

在他眼中，面前的並不是危險的陌生人。

而是他的第一個讀者。

WEEK 6（下）病人

KEYWORDS：法院　Area 51　鼬鼠工房　潛伏期

坐在終審法院——也就是從前立法會大樓的會議廳，老馬雙腳擱在歷史悠久的木欄上，仰頭欣賞高闊的天花板和半圓形的古老大窗。陽光從窗外透進來，無數微塵浮游。非常安逸寧靜的午後，無法令人聯想起這個城市的慘狀。

老馬拿著墨水筆在把玩。樹脂筆桿的觸感令他心裡安詳無比。

阿傑坐在隔著三張椅子之處，正在埋頭閱讀老馬的偵查報導筆記。他手上仍牢牢握著左輪手槍。

看見阿傑著迷地閱讀的樣子，老馬生起極大的滿足感，對那柄危險的手槍倒是不太介意。

——這傢伙身上的血是自己的嗎？還是別人的？

老馬沒有意思追問。這種時勢，人變成野獸不過是瞬間的事情。沒有必要用這種問題刺激對方。

「我見過這飛機。」阿傑用手指猛力戳著筆記本上那幅素描圖畫，樣子突然變得激動。

「我不知道是否應該用『飛機』形容它。」老馬說：「說它是外星人的ＵＦＯ都有人相信呢。」

阿傑搖搖頭：「最初我也這麼想過。可是我看過裡面啦。是人類駕駛的，還寫著英文。」

「你再讀下去吧。」老馬催促著。

阿傑讀著圖畫下的解說文字：

「……關於ＵＦＯ的其中一個解釋理論：人們看見的其實是軍方極機密實驗機的試飛活動。例如美國內華達州『Area 51』，是極有名的目擊ＵＦＯ勝地，其實該地是美國空軍基地專門用作實驗機的試飛及訓練場地。洛克希德・馬丁公司旗下『鼬鼠工房』（Skunk Works）設計的多款隱形戰機及偵察機，都是在該地點試驗……」

「那麼你是說……落在銅鑼灣那個東西，是美國造的嗎？」阿傑問。

「不知道啊。總之據我猜想，它是某個勢力——可以是某國、某幾國合作，甚至是跨國企業集團——實驗用的最新飛行載具。它正好在祕密飛過香港上空時發生意外墜落，而落點很不幸正在鬧市中心。因爲這載具的設計極先進而堅固，所以並沒有整個爆炸燒掉，仍然保存得這麼完好。」

老馬示意阿傑翻過下一頁。那上面繪畫著「生物性危害」的標記。

阿傑看見這標記，眼睛瞪了一下，不發一言。

老馬繼續說：「那載具本身只是其次。重要的是，它上面運送著某種非常不得了的東西，只要跟人接觸就有極大的感染危險，因此有這個標記……」

「是致命的病毒？」阿傑說著時，嘴唇在顫抖。

「有這標記的不一定就是病毒，可也是類似的東西吧。不過它至少不是像伊波拉之類的大量殺人病毒——我們又沒看見滿街潰爛的死屍。」

老馬說著有點口乾，從背囊掏出水壺來，喝了一口，然後遞給阿傑。

阿傑想了想，拒絕了老馬的水壺，繼續埋頭讀那本筆記。

筆記上有兩篇人物訪問。第一個是現已成爲灣仔區暴力團大佬的前總督察。根據他憶述，在「大關機」發生後，所有助理處長級以上的警官都不見了，似乎跟著整個政府最高層一起撤走。另一個受訪者是本來幹走私勾當的古惑仔，本來跟同伴坐「大飛」快艇乘夜逃向公海，結果是唯一在機槍掃射裡逃回來的生還者。這證實了邊境確已被重武力全面封鎖。

「那『生物性危害』的東西，一定可怕到非要整個城市放棄不可的程度。而且是全世界一起放棄我們。」老馬說：「除此之外，沒法解釋『大關機』怎麼會發生。我猜想那東西的感染率一定非常高，潛伏期卻可能非常長，而且沒有明顯的病徵，亦未有可信的測試方法。這些因素加起來，令它非常難以控制，所以才要把整個香港即時封鎖。」

「爲甚麼不乾脆扔個炸彈，把香港人殺光算了？」阿傑不解地問。

「誰曉得爲甚麼？」老馬擺擺手：「可以有很多解釋呀。也許難得有這種實驗機會，正好觀察那東西大量感染後產生的效果；又或者外面已經開始研究測試方法和治療的疫苗，準備用這個地方作試驗。」

阿傑很佩服老馬的分析和聯想力——這傢伙應該去寫科幻動畫的劇本呀。

「可是……」阿傑把玩著手槍：「你說來說去，還是說不出那『東西』究竟是甚麼。」

「你再揭到後面看看。」老馬說。

阿傑一直翻那本筆記，最後看到有關的段落。

那是一篇分析：根據老馬的估計，港島區的人口已經減少了五分之一到四分之一。不過一個半月的事情，這種死人的速度非常驚人。主要死亡原因都是他殺——是對病毒恐慌而引起的大屠殺。老馬已經多次見過，有的住宅大廈整棟燒燬，空餘一堆瓦礫。

「……這種不正常的屠殺，令我想到一個可能：那『病毒』的效果並非破壞宿主的身體，而是其理智。換言之，是把人變成凶暴殺人狂……」

讀到老馬這個假設，阿傑竟然流下眼淚來。

他闔上筆記站起，把左輪手槍倒轉當作槌子般握著。

「謝謝你……告訴我這麼多……」阿傑邊哭邊說。

看著他古怪的表情，老馬反而開始害怕起來。

「沒……沒甚麼……我多謝你肯讀我的東西才是……」

「不，謝謝你讓我知道發生了甚麼事。」阿傑把左手伸進褲袋裡。「也讓我知道，黑仔爲甚麼會死。原來不是我的錯。」

老馬還沒搞清楚誰是「黑仔」，卻看見阿傑的左手從褲袋裡掏出一件東西。

一個貼著「生物性危害」標記的罐子。

老馬冷汗直冒，手掌緊緊握著墨水金筆。

他看見阿傑手上的槍柄。上面黏著已經乾涸的血，還有幾根頭髮。

阿傑的眼神，已經變得跟老馬訪問過那些掌握武力的大佬一模一樣。

「不是我的錯……」阿傑一步一步向老馬走過去：「我是病人。」

他高舉手槍。揮下。

WEEK 8（上）突破封鎖

KEYWORDS：**健身單車　Ham　Radio　駭客　call sign**

今天，二〇一X年九月二十四日。

對於吉仔和尤叔來說，是非常重要的一天。

不止兩人自己的生死，就連他們的家人能否活下去，也要看今天的試驗結果如何。

在這個廢棄的高層辦公室裡，雙鷹龍跟他那十幾個滿身刺青、腰間帶著手槍和利刀的手下，從早上開始就一直密切監視著吉仔、尤叔兩人，就連上廁所都緊跟著。

吉仔心裡嘆息：眼下這種時勢，就算逃得掉，又能走到哪兒去？他不可能丟下父母和弟弟不管。正如尤叔也不可能丟下女兒。

兩人合力調節和檢查各樣器材。辦公室角落裡堆滿了各樣東西：十多部無線電機、各種類型的收發天線、五台筆記型電腦、緊急柴油發電機、七部並排的健身單車……大多是靠雙鷹龍哥的勢力收集回來，並幫忙兩人把整個系統組裝起來。

「你們需要甚麼，儘管跟我的手下說。」龍哥當時這樣對他們說：「最重要是搞定這事情。」

柴油燃料要省著用，尤叔把那排健身單車接駁成人力發電裝置，由龍哥的手下輪流踩動。這自然是不受歡迎的苦差，每次那幾個負責發電的古惑仔，都對吉仔和尤叔投以怨毒的目光。

吉仔對這些黑社會格外害怕。他本來要升中六，明年就考中學文憑試，讀的雖然不是名校，但他是高材生，數理科尤其好，考大學本應絕無問題。

吉仔想到堆在家裡那些教科書，心裡就失笑。沒有人知道，以後還有沒有公開試可考，或者還有沒有大學。

不用上學，最初確實令吉仔鬆了一口氣——不用再看見學校裡的那班「傢伙」了。吉仔眞正名字是吉滴猜，老爸是泰國人，來香港當廚師，然後娶了本地女人定居。吉仔在香港出生，其實連泰文都不太會講；可是中一入學時自我介紹後，就給班裡幾個早熟又高大的同學盯上了。

「咦？你是泰仔啊！一定懂泰拳啦！」自此吉仔就常常成爲他們「練拳」的對象。他忍受了五年，本來以爲還要多捱一年才脫苦海，怎也無法預想，學校生涯竟然以這麼奇特的方式結束。

這時吉仔幫助尤叔調校伸出窗口的天線。尤叔還是穿著平日那件邋遢的白背心，戴著厚厚的眼鏡片，全神貫注地測量天線的收發訊號。

「再往右一些……多伸出一點……好！」

兩人合作無間。這對奇怪的組合並不是「大關機」之後才認識的，本來就是交了三年的好朋友。吉仔在努力學業以外，亦非常沉迷電腦程式破解——也就是駭客技術，連帶也對業餘無線電甚有興趣。以他的家境不可能負擔這麼昂貴的玩意，吉仔只是常常上相關的網上論壇吸收知識，然後自己做虛擬的研究。

吉仔的老爸一直對此頗有微言：「衰仔，搞甚麼科技，香港地，死硬！有沒有聽過：『Hi-tech指嘢，low-tech撈嘢〔註〕』啊！」

——結果卻是因爲這個興趣，吉仔跟一家人才能夠活到現在。

註：意指高科技事業只會碰壁虧大本，反而低技術可以穩賺不賠。

吉仔在論壇上認識了尤叔。尤叔是典型的電工痴，沒怎麼讀過書，卻自學成了專家。尤叔家裡有台非常厲害的無線電機，他知道吉仔對無線電的熱情，大家又都住在旺角太子，就主動邀請他到自己家裡玩。兩人都是別人眼中的「自閉男」，因此變成了忘年交。尤叔的老婆早逝。當他女兒發現獨身的父親竟然交了一個比她還要小的男孩做朋友，一度懷疑爸爸是不是有甚麼可怕癖好……

就像任何無線電超級發燒友（愛好者）一樣，尤叔家裡也備有緊急發電機。「哼，香港如果發生甚麼大災難，就要靠我向外地求救啦！」尤叔常常自豪地拍著胸脯跟吉仔說。

結果，真的發生了「大關機」。

出事後，吉仔自然馬上想到尤叔家裡的設備，馬上飛奔去他家。兩人努力發信，可是過了很久還是無法聯絡到外界。尤叔憑著經驗知道，這是被外來干擾訊號阻截通訊的結果。

「這很可能是軍事級的干擾啊。」他細心聽著耳機裡那陣雜音許久，然後做出判斷，並且向吉仔解釋怎樣從中聽出有規律的干擾模式。

「只要有模式，就可能破解。」吉仔當時摸著自己的筆電說，眼睛裡充滿了駭客的狂熱。

然而破解這麼高階的障壁，需要不少時間和資源。現在是「大關機」，連下一頓飯都沒有著落。

他們最後決定去找龍哥——也就是這陣子旺角和油麻地一帶最有力的老大。

自從上次在石梨貝水塘出事後，龍哥痛定思痛，決定冒險帶手下去偷襲警察，結果犧牲了二十多個兄弟，卻終於搶到大批槍械，大大穩固了自己的勢力與地位。

不過龍哥也知道，自己的勢力不可能永遠持續：香港被不明的力量全面封鎖，沒有任何物資輸入，糧食資源早晚耗盡，到時他的組織也必然崩潰……最後香港會變成如何，就連這個久經風浪的江湖大佬都不敢想像。

因此當吉仔和尤叔這一老一嫩的宅男戰戰兢兢地帶著建議來找雙鷹龍時，龍哥一口就答應了他們的要求，盡力給予他們需要的物資和保護，還供應他們家人足夠的糧食。

龍哥的想法是：能夠突破封鎖，哪怕只是多知道一點點訊息，總比坐以待斃好！

吉仔負責將那干擾的訊號輸入電腦，並寫了個程式做規律的分析。只要能夠鎖定訊號的干擾模式，就有可能用無線電機發出同步的訊號，避過干擾。

但這畢竟不是容易完成的事情。兩人的研究進行了才一個月，龍哥已經表現得不耐煩，開始對他們加以恐嚇。

尤叔沒辦法再拖延龍哥，就跟他說在今天進行第一次的突破實驗。雖然明說是「實驗」，但龍哥對成功充滿期待。尤叔明白，要是實驗失敗，龍哥的面色將會非常、非常難看，甚至可能懷疑尤叔和吉仔騙他……他們跟家人還能否活下去，實在是半點把握都沒有。

此刻兩人感受到背後龍哥射來的目光，就像尖銳的釘子刺在背脊上一樣……

「ＯＫ，來了。」尤叔說時額頭流著如雨的汗。他指示吉仔控制無線電機的功率。經過電腦複雜計算的訊號模式，從伸出窗口的天線發出去。

在他們身後的龍哥，雖然不是確切明白兩人在幹甚麼，同樣露出極度緊張的表情。

實驗進行了十多分鐘。尤叔不斷轉換頻道，一直喊著自己的無線電call sign——那是全世界無線電興趣者使用的身分代號系統。

揚聲器裡始終無人答應。

龍哥的面容開始變得憤怒。尤叔的背心已然濕透。

「不行嗎……」吉仔絕望地呻吟。

已經過了半個小時。龍哥的手指摸著腰間的槍柄。

——你這兩個混球，搞一大堆東西，不過是在騙我的吧……？

突然揚聲器傳來英語聲音：

「EW8KL……」

尤叔聽到久違的無線電call sign，激動得流淚。

WEEK 8（下）突破封鎖

KEYWORDS：矽谷　輻射　Unmarked Helicopters　朗豪坊

充塞著悶熱空氣的辦公室裡，十幾個流著臭汗的男子同時湊到無線電機跟前，每個人的神情既緊張又興奮，猶如圍觀脫衣舞一樣。

全因爲無線電機接駁的揚聲器裡，發出那把來自遠方的男聲，以英語說出「這是EW8KL」這一句話。

雙鷹龍和他的手下不大懂英文，可單單聽到那把來自異地的聲音，已經激動得身體顫抖。

——這很可能就是「大關機」發生兩個月來，全香港第一次成功對外通訊！

「快快回答他！」龍哥向尤叔催促，語氣簡直像在哀求。行走江湖近三十年的一身霸氣一下子都卸下了，跟他平日最看不起的「老襯」（老蠢）無異。

只因眼前出現了「希望」——一種已經在香港絕跡許久的東西。

在業餘無線電迷的世界裡一樣有競賽，比賽方式是不斷跟不同地區的同好通話，收集他們的call sign，然後比較誰收集得最多。業餘無線電的call sign是按國家地域劃分的，不同國家的無線電玩家數量都不同，因此越罕有地區的call sign就越是珍貴。

尤叔也參與這種比賽，對大部分國家的call sign都熟記於胸。他一聽到「EW8KL」，就知道對方位於哪兒。

「白俄羅斯！」尤叔向身旁正在操作電腦的拍檔吉仔說。

吉仔畢竟是年輕小子，成功通話的興奮情緒完全蓋過了緊張與焦慮，雙手捏著筆記本電腦大叫：「Yes!」

他只用了一個月寫成和修正的電腦程式碼，竟然真的成功突破那軍事級的無線訊號干擾。單憑這個實績，吉仔將來連大學都不用讀，馬上就會有許多矽谷最頂尖ＩＴ公司爭著聘請他。

——假如最後他能夠從「大關機」生還的話。

吉仔稍稍冷靜下來後，黑黑的臉沒有轉過去看尤叔，只是密切注視著跟前的電腦螢幕。他負責監看干擾的模式規律有沒有突然發生轉變，隨時做緊急的應對，保持通訊不會中斷。

尤叔向通話器的對面，用英語重複叫出自己的call sign，然後焦急地等待回答。

——一定要保持通話呀……不要消失……

不久後對方再發言了。

「你來自哪兒？」英語發音有點蹩腳。

室內所有人聽到，再次興奮得緊握拳頭。有兩個古惑仔像剛得分的球隊隊友，互相擊掌慶祝。

「HONG KONG！」尤叔用接近吼叫的聲音說。

「HONG KONG！HONG KONG！」後面龍哥和古惑仔也爭相叫起來，彷彿變成了爲香港運動員打氣的球迷。

等待良久，對方卻仍是一片沉默。

興奮的心情瞬間退散。

——難道斷線了？

「干擾並沒有轉換啊。」吉仔盯著電腦說，汗水流到他的眼眉。

尤叔不斷向對方呼叫：「EW8KL，請回話，over！」

面對的仍然是一片雜音。

「怎麼搞的？」一個古惑仔心情大起大落，一時激動，就想去推尤叔。

龍哥從旁揮出一記老拳。那古惑仔吐出帶血的牙齒。

「你老X，冷靜！」龍哥大吼。他的拳頭腫起來了。剛才不自禁用了猛力，他自己心裡一樣無法冷靜下來。

尤叔又嘗試了許多次，正越來越絕望的時候，對方才終於再發言。

「Hong Kong？不可能……你……不是……嗎？」

這俄國佬一直不答話，似乎並非因爲訊號中斷，而是因爲太驚訝。

尤叔盡量一字一字清晰重複：「聽不清楚，請重複，over。」

俄羅斯佬重新說出剛才的話：

「你們……不是死光了嗎？」

尤叔跟吉仔一聽，背項都是冷汗。

「他說甚麼？」龍哥焦急地問。

尤叔翻譯給他們聽。這些黑道中人聽了這句話的意思，臉色比從前劈友時還要青白。外面世界的人，究竟知道香港發生了甚麼事情？

——或者應該問：他們知道的究竟是哪個版本？

「沒有死啊！香港還有很多人活著！」尤叔向對方說。

俄羅斯佬似乎滿腹疑惑，開始說出大堆東西。因爲訊號不好，只能斷斷續續聽到其中一些詞語。

「恐怖……偷運……自殺……電視新聞……輻射……聯合國……五百公里……」雖然有一半沒一半的，吉仔和尤叔越聽越心寒。尤叔把聽到的可怕詞語逐個翻譯給龍哥他們聽。

辦公室裡每一個人，感覺就像掉進超現實世界裡——雖然「大關機」本來就是很超乎想像的事情。

尤叔追問：「聽不清楚，『輻射』是指核攻擊嗎？『自殺』？自殺式襲擊？甚麼五百公里……？」

「別問他甚麼了，快向他求救！」龍哥說。

尤叔一時被好奇心佔據，竟忘了這更重要的事。

這時身邊另一個古惑仔卻呼叫起來。

「我說過要冷靜！欠打嗎？」龍哥再次舉起拳頭。

「不……我好像聽到……聲音……」那古惑仔把手掌圈在耳朵旁，怯懦地回答。

先前人人只管留心那無線電裡的對答，完全沒有留意周圍的景況。那古惑仔這麼一說，大家留神起來，果真聽到一種奇怪聲音。

「好像是……這邊！」龍哥高叫，跑到南面的玻璃幕窗看看。幾個手下也跟隨著。有人已經把槍拔出在手裡。

尤叔除了喜歡無線電，也是軍事迷。他一聽見那遙遠傳來的異聲，臉色都變了，喉嚨瞬間乾渴起來，喃喃說：

「是……直升機……」

龍哥透過玻璃看見：南面遠方的天空有三個黑影，正從維多利亞港朝著旺角這兒高速接近中。

吉仔和尤叔同時知道發生了甚麼一回事：

訊號被人發現，並且用三角定位找到發訊源了！

三架直升機以戰鬥速度飛行，轉眼已飛近到來。

眾人站在窗前，眼睜睜看著三個騰空的死神接近。

全黑的機身上，沒有任何所屬國籍部隊的標記或機號。每一架都全副武裝。

眾人甚麼都已來不及做，呆在當場。

除了尤叔。他用最後機會，向無線電另一頭的俄羅斯佬大呼：「把消息傳出去！香港還有人活著！告訴所有人！」

連環發射的火箭炮，帶著噴發的火焰疾飛。

所有人一同伏下。

朗豪坊最頂層幾間辦公室，剎那被炸成火海！

一整台無線電機被轟飛出另一頭的窗外去，墜落後方的砵蘭街。

爆炸的火球冒到半空，遠看整座大樓有如一根巨型蠟燭。

煙塵與爆炸的迴響漸漸消散。直升機隊仍盤旋著，似乎正在觀察被炸的目標。好一陣子後，三架黑色直升機才退卻飛走。

再過良久，吉仔、尤叔和龍哥他們才敢逐一站立起來，看著隔在兩條街外冒煙的朗豪坊。

「全靠有你出主意……」尤叔喃喃向吉仔說。其他眾人也以慶幸的神情看著吉仔。

喜歡研究駭客技術的吉仔，自然知道當駭客的第一原則：隱藏自己的行蹤。

安裝在朗豪坊頂層的，才是眞正對外發出訊號的無線電機；這邊的器材則只用來連接和遙距控制那頭的機器，以及轉駁通訊，間接進行通話。

這一著，救了所有人的性命。

尤叔拿起那台裝著破解干擾程式的筆電，塞到吉仔懷裡。

「這個，很可能就是現在全香港最重要的東西。」

WEEK 10（上）新宗教

KEYWORDS：最後審判　富貴教會　鐵人三項　聖餐

「這是神對我們的考驗！」

梁牧師的聲音異常響亮，雖然沒有了麥克風和揚聲器幫助，講道一字一句依然在大禮堂裡迴盪。

整齊排坐在台下的信眾，神情專注地聽著梁牧師的演說。一雙雙眼睛，半刻不離地瞧著這位神情激昂的牧者。

「就像古代的大洪水，是神要把世上所有罪孽都沖刷毀滅，最後只留下順服遵從祂的義人！」

梁牧師少年時曾在合唱團裡唱男高音，深懂運氣發聲之道，還兼顧說話時如何輔以豐富的表情動作，時刻維持著聽眾的注意力。

「大家看看外面：爲名利出賣色相的嫩模！低俗淫賤的電視遊戲節目！鼓勵人心存僥

倖的賽馬會！違反神創自然的同性戀！只懂在迎新營玩性遊戲的大學生！崇拜虛假偶像的寺廟！妄圖嘲笑神的進化論者和無神論者——他們如今都到哪兒去了？全都沒有了！都被神消滅了！這是懲罰！是對不義的審判！」

台下信眾猶如配合著表演，梁牧師每說到世上的一種罪孽，他們就起鬨叫喊了一聲。禮堂裡氣氛高漲。

Rachel也坐在人群之間，可是她並沒有跟著信眾呼叫。

這是Rachel聽的第一場講道。她到來「心福堂」還不滿一個小時。

梁牧師的話，教Rachel渾身感到不自在。尤其當他說到「同性戀」的時候。Rachel回想起中四時，也曾經鬧著玩地跟一個女同學嘗試接吻和互相探索身體。小學時她已經是跳遠和短跑選手，長年都愛剪短頭髮，因此常常被人誤會是tomboy（男人婆）。加上標緻英氣的臉、幾乎六呎高的修長健美身材和帶著棕紅的健康膚色，學校裡傾慕她的女生可真不少。

Rachel看著禮堂裡的牧師與眾多信徒。不管說的還是聽的，神情都泛著一股反常的興奮，無法讓人聯想他們正活在巨大的災難中。

——我的天……我到底來了一個甚麼地方？

她到這家教堂來，完全是爲了食物。

「大關機」之後Rachel能夠活到今天，一直都靠著從各個暴力團的儲存物資庫裡偷取糧食和各種必需品。

所謂的「暴力團」，大部分就是從前的黑社會和警察（兩者除了過去的身分，已經毫無分別了）。Rachel要是被對方抓到，後果肯定是慘死，她可說在虎口邊上找食。

本來正在讀大學體育系的Rachel，是香港田徑代表隊成員，憑著靈活迅捷的身手，許多次逃過死亡危機。

雖然經常面對危險，Rachel跟相依爲命的媽媽總算活了下來；可是最近媽媽的身體越來越虛弱，Rachel只好更拚命去尋找醫治她的辦法。

她找過好幾種藥帶回家給媽媽服用，全都沒有效果。Rachel知道媽媽的眞正毛病何在：食物太少也太差，營養嚴重不良，本來就患有慢性病的身體，免疫力不斷下降。

Rachel只有兩歲的時候，父親就拋棄家庭跟著別的女人離開。媽媽是她二十一歲生命裡最重要的人。不管要冒怎樣的危險，Rachel都決心要救媽媽。

關於這座「心福堂」的傳聞已經流通了好一段時候。Rachel從人們口中聽過幾種說法，不約而同都形容「心福堂」是個「被神明眷顧的地方」，只要到了那兒，就能每天吃飽和安心睡覺，遠離「大關機」後的一切痛苦與危險。其中更誇張的說法是：那兒有一種神賜的「聖餐」，吃了會令人永遠平安滿足。

當然，每個人都只是聽來的，沒有一個去了「心福堂」再回來，告訴大家實情是否如此。大概受到這種傳說的影響，港島區的各個暴力團也都沒敢去碰這家教堂，更增添了它的傳奇色彩。

Rachel從來沒有信仰，更不相信世上會有「神賜糧食」這回事。可是爲了媽媽，她毅然出發去看看。

要知道「心福堂」的位置並不難找：它本來就是城中最著名的「富貴教會」，好幾個現任和前任高官，還有不少歌星名人都到那兒上主日崇拜，因此經常在八卦雜誌和報章裡出現。

眞正困難的是那條危險的路途。「大關機」所以發生，是因爲出現了一種令人瘋狂的超級病毒——這說法已經不是祕密，至少整個港島都傳遍了。到處都發生「清洗病毒」

的大規模殺戮。在這種時勢裡，Rachel要獨自一人從北角的家到達位於天后大坑的「心福堂」，並不是容易的事情。

幸好她有一副非常珍貴的工具——一輛競技用單車。Rachel除了田徑了得，也是鐵人三項競賽的愛好者。這輛輕巧又快速的職業競技級車子，她做了整整一年兼職才買得到，Rachel坐上它發起飆來，速度不亞於小汽車。她像一陣風般平安完成那路程。

到達「心福堂」樓下時，一切都出乎她意料。本來以爲這種時勢下，他們必定重門封鎖並派人武裝把守，但迎接她的卻只是個笑嘻嘻的中年教會事工，沒怎麼多問就馬上引領她上去大廈七樓的禮堂聽道。

「那些把娼妓合理化的『性工作者』組織；鼓吹養懶人的社工；唯恐社會不亂的政棍……統統都得到應有的懲罰！只有我們這些神的兒女，將會一直活下去，並且在地上建立神的新王國！」

Rachel看著台上梁牧師口沫飛濺。他那三七分界的髮型用髮蠟梳得貼服發亮，而且堅持穿著整套的西裝——雖然人多又沒有冷氣的禮堂悶熱得可怕。兩行汗水在他臉頰流下來，反射著燭火的光芒。

這時有個信眾舉手：「可是啊，牧師，我知道外面有很多教徒也死了……有教會被人放火燒了……那又怎麼解釋呢？」

梁牧師想也不想就回答：「那是因爲他們的信仰不夠堅定！沒有嚴守神的意旨！甚至很輕易就向世俗投降！事實證明了，誰通不過神的考驗，誰就是假教會！」

他指一指身後的牆壁，上面掛著一個大型的塑膠十字架，並用紅漆寫著四個非常難看的大字：「光華教會」。

「他們的毀滅、死亡，就是爲了證明我們這新教會，是眞正的、最後的教會！是神的寵兒！」

信眾興奮地站起來鼓掌。在這個到處都被死亡籠罩的災難時期，「我們是神的寵兒」這句話，給予他們無限安慰。

Rachel也很想相信還存在希望。可是她實在無法被這種講道感動半點兒。剛才那信徒的發問，一聽就知道是「造媒」。

她關心的只有：這教會是否眞的食物充裕？

就在這時，旁邊一道門打開來。

Rachel隨即嗅到一種久違的氣味。

煮肉的香氣。

梁牧師高聲宣布：

「又是領『聖餐』的時候了。」

WEEK 10（下）救贖

KEYWORDS: 烤肉　Pavlov's dog　聖杯　奉獻

Rachel雖然對宗教認識很少，但至少還知道，傳統的「聖餐」，絕對沒有用肉來做材料這回事。

「太好了！」坐在Rachel身邊的劉弟兄，滿懷期待地舔舔嘴唇說。

劉弟兄就是之前在樓下的大廈正門接引Rachel進來「心福堂」那個中年事工。他跟台上講道的梁牧師一樣，頭髮梳得很齊整，穿著一件直扣到喉嚨的白襯衫。

「妳真幸運呀，一來就領『聖餐』。」劉弟兄皺起他那滿是暗瘡痕跡的紅鼻子，閉著眼睛嗅嗅那香氣，然後笑著對Rachel說：「是神的眷顧。」

Rachel看向旁邊打開的那道門。四個穿著白袍的工人把餐車推出來。飄散的肉香令禮堂內所有人精神一振。

Rachel的肚子也在作響。幾乎三個月沒有嗅過這種香氣了，她就像巴夫洛夫條件反應實驗裡那隻狗一樣，嘴巴裡自然溢滿了唾液。

工人把一碟碟「聖餐」分給禮堂裡的信眾。負責派給Rachel那一行的是個身材很健壯的婦人。Rachel接過碟子時，看見婦人一邊額頭上有個很可怕的傷疤，一臉呆滯，毫無表情。

「謝謝妳啊，愛群姊妹。」劉弟兄笑著對婦人說。愛群毫無反應地走開。

Rachel捧著碟子，看看上面只有三分一隻手掌大小的肉片。看不出是甚麼肉類。雖然沒有任何調味，但光是那陣油香已經令她飢腸轆轆了。

「感謝神的恩典！這『聖餐』讓我們在這新時代堅強活下去，建立地上的完美天國！」梁牧師帶領眾人祈禱完畢後，信眾便開始狼吞虎嚥起來。

「快吃呀！」劉弟兄催促Rachel：「吃了『聖餐』，就是決志加入教會，全身全靈順服神，接受祂的救贖。」

Rachel小小地咬了一口，向劉弟兄笑了笑，然後趁他沒注意時，迅速將肉片滑入早就準備好的塑膠袋，收進背囊裡。她沒有因為飢餓而忘記了此行的目的：要把肉帶回家，給有病的媽媽吃。

台上梁牧師又拿出一個「聖杯」來——是個很大的金屬罐子——注滿了清水，自己先呷一口，再交給信眾輪流去喝。

Rachel看著梁牧師，想起一件事來。

「我記得以前『心福堂』的牧師不是他啊……是姓陶的。」「心福堂」因爲有許多名人高官信徒，主持牧師的陶英傑亦連帶很出名，跟明星的合照經常在娛樂版出現。熱愛運動的Rachel雖然從來不太留意娛樂新聞，但對他也有印象。

「……我們不是從前那個僞教會啊。」劉弟兄指一指牆上「光華教會」四個字。「敬拜的也不是他們那個虛假的上帝，而是眞眞正正的神！祂派使者親自在梁主牧面前顯現過，傳授他正確的教義，又賜他印著『神之印記』的『聖杯』！他所說的一切，都是代神而發的話語！這裡所有人都親眼見過梁主牧行神蹟！」

Rachel看見劉弟兄的說話表情，瞬間從溫和謙恭變得狂熱，不禁有些心寒。

這時「聖杯」傳遞到Rachel手上。她把鼻子湊近，果然只是無味的清水。但當她仔細看見罐子上那個「神之印記」時，整個人好像墜進冰水裡。

——Rachel從前也喜歡打遊戲機，馬上認出那三個崩缺圓圈的標誌：「Biohazard」。

「神蹟？……是甚麼神蹟？……」Rachel捧著罐子的手在顫抖。

「妳自己看看吧。」劉弟兄指著台上。

只見梁牧師捧著一個奉獻木箱，箱蓋上那個本來入錢用的開口，已經鑿成足以將手伸進的洞孔。

「一切……都按祢的旨意。」

梁牧師說著就伸手進去，慢慢抽出來一顆黃色乒乓球，高舉在眾人眼前。信眾看見紛紛合掌唸誦禱文。有的還流下淚來。

「妳看！」劉弟兄高聲說：「每次決定奉獻，他都是第一個抽。許多次了，他從來沒有抽到那顆白色的球。這不是神蹟還是甚麼？」

「抽到白色的球，又怎樣……？」

「就是要奉獻啊。」劉弟兄溫和地微笑看著Rachel。再看看她旁邊椅上已經空了的肉碟。

「聖杯」從Rachel雙手裡跌下來，濺得一地是水。

禮堂裡驀然一片靜默。只有罐子在地板上彈跳的響聲。

所有眼睛凝視著Rachel。

梁牧師伸出手指。

「異教徒！」

Rachel連想都沒想，站起來拔腿轉身就跑。

眼前突然出現一個大黑影。是那個叫愛群的事工，她攔在Rachel跟前，手裡握著一柄切肉的尖刀。

Rachel僅以幾公分之差閃過那砍擊，狂奔衝出禮堂的大門去，跑下迴旋的樓梯。後面是無數腳步聲和瘋狂的詛咒聲。

Rachel奔跑時拔出藏在腰帶間的水果刀。她的心臟怦怦猛跳，比過去任何一次比賽時更劇烈。

樓下大堂雖然無人看守，鐵閘卻被鐵鍊鎖著。放在大堂一邊的單車，不知被誰砸得扭曲變形。

她奔回二樓的樓梯，只見信徒已經追至。

那一張張扭曲的面容，令她想起傳說中的超級病毒。

Rachel幾乎是閉著眼胡亂揮舞刀子。血花飛濺。中刀的人卻似乎不怕痛楚，再次撲過來。

Rachel攀到樓梯旁一個窗子，看也不看下面就跳出去，著落在陰暗的後巷裡就馬上沒命奔逃，沒再看一眼上面窗口前狂叫的那些「心福堂」信徒。

從前在運動會裡，Rachel也沒有跑得這麼快又這麼久。直到電器道的天橋底下，她才疲累地坐在橋墩旁。

休息時她才省起手裡還拿著背囊。她發抖的手掏出那裝著肉的塑膠袋。

Rachel以爲自己一定會嘔吐。但是沒有——人在非常時期的適應能力，遠在自己估計之外。

她看著那塊肉，曾經想過拋掉。考慮了好一會兒，最後決定還是把它塞回背囊裡。

Rachel站起來，往回家的方向走去。她一邊走，一邊在喃喃練習台詞：

「媽……我找來了一塊……豬柳……快吃，吃了病就會好……」

WEEK 12（上）飛行手冊

KEYWORDS：維園足球場　和平集會　自我催眠

賴教授緊張地站在講台後面，手裡拿著那本貼滿標籤和夾滿筆記的手冊，不斷重複唸著演講詞。她的嘴唇在不斷顫抖。

絕對不能出錯。否則會死很多人。

外頭維多利亞公園足球場已經聚集了許多人。沒五萬也有三萬吧？自從「大關機」之後引發過多起「清洗病毒」的大屠殺，人人自危，已經很久沒有出現這般熱鬧的情景。

維園是港島多個暴力集團默認的唯一中立地帶，順理成章成爲這次和平發表會的舉行地點。

這些星期來，賴教授花了許多唇舌，才說服所有暴力團領導人同意舉行這次大會。他們宣布暫時休戰，及保障所有走出來的人絕對不會受到傷害。

最初有的「大佬」非常反對，認爲這麼多人聚集，那神祕病毒只會更容易傳染。最後賴教授用一句話勸服了他們：「我們坐著甚麼都不做，一樣是死。」

她雙手捧著那部手冊，再次細看。封面簡單印著《獨角馬計畫試飛操作員手冊》的英文字樣。沒有任何標記、所屬部門或公司的名字，字體非常粗糙，比大學生的論文功課還要草率。賴教授卻感到這手冊輾轉落到她手上，簡直就是巨大的幸運。

賴教授踏上木搭的講台。面前擠滿無數黑壓壓的人頭。五短身材的她即使站在台上，好像也不比人群高出了多少。

她看看台邊，二十幾個統治著全港島各區的暴力團領導人各據一方，身邊都有帶著刀槍的保鏢。他們用不耐煩的眼神催促著她。

一排壯漢踏著人力發電單車，台上的麥克風和大型揚聲器馬上啓動。

「各位……」那強勁的回音令賴教授一陣吃驚。她以前無數次在大學講堂對著數千人說話，從沒像今次般可怕。

「你們或許還不知道，今天爲甚麼會落得這境地……我簡要講解一次吧。」她開始講述那神祕飛行器墜落、上面載有不明的「生物性危害」物品、香港隨即遭全面封鎖和關閉……等等事情。

Rachel也站在台下聽著。她左臂上纏著一條白布——是哀悼上星期終於捱不住病死的母親。

此刻終於聽到有人講述「大關機」的前因，Rachel臉上卻沒有露出任何激動的神情。母親去世，令她感到世界一切都變淡變薄了……

Rachel認得台上的賴教授。雖然並沒有修她的課，Rachel知道她是香港大學很有名的數學和哲學專家。

「大家也許還不明白，那麼一個飛行器，爲甚麼導致外面世界要對我們採取這麼極端的手段?」賴教授揚揚手上的手冊：「幸好，我得到了飛行器的駕駛員手冊——應該是遺留在機體上，誰最先找到我也不知道。它輾轉落到其中一位『大佬』手上，由他交給我解讀。」

台下一陣騷動。

——這部手冊，足以破解一切的謎團！

群眾裡其中一人格外激動，正是揹著大背囊的記者老馬。他遠遠緊盯著那部手冊，手裡拿著墨水筆和筆記本，用力得幾乎把筆桿折斷。

賴教授繼續說：「那墜落的不是甚麼UFO，而是人造的東西，還有這部使用手冊！它以大量神祕隱語和術語編寫，我花了很大的工夫破譯，但終於成功了！」

她揭開其中一頁：「它是個實驗機，是一個名為『獨角馬』的神祕軍事計畫的一部分，但到底是屬於美軍、多國發展還是私人擁有，暫時不明。它集合了多種革新技術——甚至應該說是夢想之外的技術。如果成功了，今天的隱形戰機相比下簡直就是鴨子。」

賴教授從手冊之間抽出一張紙。上面繪畫了那個「生物性危害」的標誌。Rachel和老馬看見，不約而同都有一股嘔吐的衝動。

「機上載著的這東西到底是甚麼呢？是燃料嗎？最初我是這麼猜想。後來解讀了這部手冊我才眞正明白。」賴教授很有信心地說：「原來這個實驗飛行器的速度和機能實在太厲害，就連最頂尖的戰鬥機師都承受不了身心負荷。這種生物劑雖然確有傳染性，但嚴格來說它並不是甚麼病毒，而是一種基因藥物，能夠大幅刺激人腦的情緒活動，強化該人既有的概念或者自我形象……」

這時賴教授看見眾人疑惑的表情，知道要用更簡單的方法解說：「實驗機師吃了它，只要加上平日適當的心理訓練，就會深信自己擁有超常的腦袋和身體，因此能夠抵受異常激烈的飛行活動——再簡單說，這種藥就是幫助你自我催眠的藥！而且效果強烈到能將人馬上變成瘋子或超人！」

「許多人以爲這病毒會令人有強烈暴力傾向，其實因果應該倒轉過來：人們對目前景況恐懼，因而產生了對暴力的依賴，這病毒——不，這生物劑，就令人更深陷在暴力的信念中！這東西其實藏著無限的可能性和危險——只有這樣才能解釋外界爲何要索性捨棄整個香港，甚至連國家都不得已同意這樣做！」

賴教授盯著台下每一個人：「**因此我們首要做的事情就是：一起放棄一切暴力！只有這樣，我們才能避免加速滅亡！**」

數萬人聚集的足球場，一片靜默。就連暴力團的人都聽得呆住了。

——可以的。他們願意相信。

賴教授心裡如此希望。

「真幼稚。」一把甚響亮的聲音在台下說。隨同一聲冷笑。

一個穿著整齊西裝的身影踏上台來。

是「心福堂」的梁牧師。

WEEK 12（下）宣戰

KEYWORDS：神的兒女　死蔭幽谷　假先知　內戰

看見梁牧師踏上講台，台下Rachel感到一股惡寒在背項生起。她想起兩個星期前在「心福堂」發生的一切。還有人肉的香氣。

陪著梁牧師上台的還有愛群和另外兩個健碩的「心福堂」事工，他們樣子都陰沉冰冷得像人偶，似乎隨時在梁牧師一聲令下，就願意幹出任何事。

賴教授感到安全受威脅，望向台邊那些暴力團領袖求助。有的暴力團手下想上台制止。可是幾個「大佬」揮手阻止了。

——這些「大佬」雖然一早就知道梁牧師要宣布甚麼事情，也明白長此下去，香港剩下的資源將會耗盡，他們現有的組織遲早也會崩潰；可是剛才親耳聽到賴教授呼籲所有人放棄暴力，那就等於立時危害他們手上的權力。理智始終敵不過強烈的自保本能，他們都動搖了。

賴教授這麼一個矮小的女人，不可能跟三個比她高壯的事工對抗，麥克風很快就被搶去，交到梁牧師手上。

「各位神的兒女！」梁牧師高亢嘹亮的聲音透過揚聲器在整個維園足球場間迴盪：「不錯！我們都是神的兒女！不要以爲我在傳教，我是在說事實！這裡的人能夠熬過深刻的苦難活到現在，並在這裡聚頭，證明我們都獲得祂挑選，並且一定能夠活下去！」

比起賴教授的說理，梁牧師這番安慰激勵的話更能感染人心，再加上他的聲音本身就很動聽舒服，場上數萬人情緒立時被鼓動。

「可是我們要小心，這種時代到處都是假先知！」梁牧師說時指著賴教授：「她會帶我們走上一條毀滅的道路，絕對不能聽她的！」

賴教授不顧一切衝上前，把臉湊近麥克風：「不，我說的都是眞事！有根有據的！」她揚揚手上的飛行手冊。

梁牧師沒有阻止她發言，只是冷笑，似乎對反駁她胸有成竹：「呵呵，根據？就憑妳手上這部來歷不明的書？還有妳一個人的所謂『解讀』？」

「我還有證據！」賴教授這時又從口袋掏出一件東西。是個手掌般大的裝置，四處包著防撞軟膠，上面有鏡頭和收音。「這東西，是人們這些星期以來在各處發現的，已經陸續找到十幾個！它們是拍攝和錄音的裝置，並且有發訊功能，是一種遙距自動監測器！」

賴教授說著又指一指天空：「你們不記得一個月前突然在天空出現過的神祕武裝直升機嗎？一切都證明了香港的外圍有人正在監視我們！目的就是要看看這種病毒——不，是生物劑，到底感染情況如何？造成了甚麼效果？我們有沒有全部變成互相廝殺毀滅的怪獸？」

在台下的老馬聽得更激動了，因爲賴教授所說，完全符合他在報導筆記裡的猜測。他捧著筆記本和墨水筆，感到非常自豪。

「所以我們才要用和平克服這生物劑！讓外界的人知道，感染者不會帶來毀滅性的威脅，他們才會願意把香港解封！」賴教授說時臉上洋溢著學者的智慧光輝：「**香港的未來如何，甚至香港還有沒有未來，就看我們是要擁抱理性，還是被恐懼和不信任擊敗！**」

賴教授這番話情眞意切，挽回台下不少人同意。Rachel和老馬聽著也都連連點頭。

「假先知的舌頭果然像蜜糖般甜美。」梁牧師失笑搖頭：「她說的事情也許不假，但她提出這條路，只會把我們都帶進死亡的幽谷！」

他指著維港對面的方向：「她叫我們放棄力量的同時，也能叫對岸的人也放棄刀槍嗎？她能保證我們不會變成待宰的羔羊嗎？」

梁牧師這句話直擊許多人心底最大的恐懼。包括在場那些暴力團的領導。

賴教授搶上前：「所以我們也要派人傳達——」她才說到一半，卻被愛群從後抱住拉開，聲音無法再進入麥克風。

梁牧師揮拳繼續說：「大家不要忘了，那天上掉下來的病毒，就掉在我們香港島！九龍和新界的人，現在很可能已經知道病毒就是『大關機』的原因。他們會怎樣想？也許他們正在開一樣的集會，主題卻是要把我們港島所有人連同病毒都『清洗』！你們還要在這種時候解除自己的武裝嗎？」

「不要聽這個牧師！他們是一群吃人……」Rachel拚命在台下大叫。但同時台下各處也有「心福堂」的人，配合著梁牧師的說話發出驚呼，很多人被感染，亦害怕得叫喊起來。Rachel的聲音完全被淹沒。

球場上充溢著強烈的恐懼情緒。梁牧師看在眼裡，知道自己已經完全掌握群眾。

「神確是愛好和平，但祂沒有教導我們用軟弱面對邪惡！」梁牧師舉拳向天：「我們要做的跟這假先知所說的相反，我們要掌握更大的力量！要將整個香港都統制在手上！然後再用嚴謹的律法管治，帶來眞正的和平！這才是說服外面的人解除封鎖的最好方法！」

——給群眾先品嚐恐懼，再指出共同敵人的存在。這種煽動方法，萬試萬靈。

台下數萬人沸騰起來。有人開始在喊各種口號。然後混亂的口號漸漸統一：

「進——攻——九龍！進——攻——九龍！進——攻——九龍！……」

站在狂熱的人群中央，老馬露出沉痛的眼神。他打開筆記本的空白頁，用曾經刺穿阿傑頸動脈的墨水筆尖在上面寫道：

「二〇一X年十月三十日，香港第一次內戰，宣戰了……」

WEEK 14 渡海

KEYWORDS：維港渡海泳　尖東　手機錄音

Rachel從來沒有想像過，自己竟會有一天，只因爲踏上尖沙嘴的土地而這樣興奮。

脫離了發著陣陣臭味的維港海水，穿著運動保暖衣的身體爬上尖東的碼頭石階，Rachel全身累得癱在地上，心情頓時放鬆下來。

她無法控制地在黑夜裡高聲大笑——雖然心裡知道這是很危險的事情。

Rachel是精通鐵人三項的運動好手，橫渡維港這種距離難不倒她；可是在海上她才驚覺體力消耗遠比想像中多，那是因爲強烈緊張產生的腎上腺素所致。

好一會兒後，Rachel才收拾心情，取下泳鏡和潛泳管，濕淋淋地走上街去。

黑夜無燈的尖東街頭，一座座玻璃幕大廈猶如黑沉沉的巨型冰冷石碑，紀念一個城市的死亡。

雖然看來四處無人，Rachel還是先躲到行人天橋底下的暗角，才檢視帶來的物品有沒有在水裡遺失。

看見帶著的那些東西，Rachel的情緒又回復出發時的沉重。她再次想起來：自己揹負著如何重要的使命，有多少人已經爲了讓她成功而失去性命。

Rachel首要確定的，是那支被三重塑膠袋保護的舊款手機是否還在。她打開防水腰包，只見手機安好地跟一堆乾糧躺在一起。

兩個星期前，在維園那場演變成「宣戰造勢大會」的集會裡，Rachel從賴教授手上得到了這東西。

當群眾都陷入了狂熱時，Rachel拚命走近賴教授那邊。眼看賴教授被幾個「心福堂」的信眾拉扯著衣服頭髮，已經無法把她救走。就在混亂裡，賴教授將這支手機塞到Rachel手裡。

那一刻賴教授的眼神，Rachel一生都不會忘記：當中混雜著極端的絕望與希望。

那是Rachel最後一次看見她。下一刻賴教授就被拉進人群裡消失。兩天後，Rachel聽聞街上的消息：「假先知」賴教授被殘酷剝皮處死。

Rachel得到那手機之後仔細查看，才明白賴教授臨別時那眼神的意思：手機把整個維園集會的說話都錄音了——包括梁牧師的煽動宣戰，還有群眾「進攻九龍」的瘋狂口號。

賴教授要拜託的事情十分明確：把這事情告知海港對面的人們！

那天離開維園之後，Rachel的心情一直非常緊張。要是被「光華教會」的人知道她身藏這東西，後果不敢想像——大概會變成「聖餐」吧？

Rachel害怕被人認出來——她不久之前才從「心福堂」逃出來，還曾經用刀子割傷過好幾個信徒。維園之後的這兩星期以來，她都感覺似乎被人跟蹤，但又無法完全確定。她提心吊膽地張羅逃出港島的所需物品。

那個梁牧師不僅是個狂熱的煽動家，謀略也不簡單——單單看他帶人突襲維園集會的手段就知道了。宣戰後他馬上下令將全島封鎖，嚴密防止任何人逃往對岸通風報信。所有過海隧道和鐵路都有人把守。海邊更有巡邏隊。

——想來非常荒謬：**一個被封鎖的城市，裡頭的人竟然也自我封鎖起來**。

Rachel一直不敢冒險出發——在街上看見那些身穿「光華教會」標誌T恤、手裡拿著刀子或矛槍的巡邏員，實在教她心驚；可是眼看港島眾多暴力團都在梁牧師統率下組成「光華聯合軍」，並且一天天積極備戰，她越來越焦急，終於鼓起勇氣今晚乘夜逃走。

她心裡不斷想著賴教授生前的話：

——我們不要被恐懼擊敗！

午夜時分，Rachel正準備在銅鑼灣避風塘悄悄下水，突然有條黑影撲向她襲擊！在她還來不及反應之際，卻又有另一條身影出現，把那來襲者擋住了。

黑暗中她無法看見兩個身影如何糾纏。直到最後發出一記槍響。

一個戴著眼鏡的五十來歲漢子，手中拿著還冒煙的左輪舊警槍，跨過那名「心福堂」事工的屍體走向Rachel。她已然害怕得全身僵硬。

漢子的下一個動作卻令Rachel驚訝：他把槍塞進她手裡。

「他一直都在跟蹤妳。」老馬一邊說，一邊卸下背囊：「我知道，因為我也一直在跟蹤你們。」

「為甚麼？」Rachel感覺自己的聲音乾啞，喉頭有股苦味。

「因為我跟他都看見賴教授把東西交到妳手上。他等了這麼久才動手，只是要看看妳還有沒有同黨。」老馬說著就將背囊裡許多東西都塞給Rachel：一堆糧食用品，還有他珍重的筆記本與墨水筆，全部已經加上防水包裝，看來早有準備。

「沒有時間了！他的同伴聽到槍聲很快就會過來。快走吧！記著，這些筆記很重要，它們記錄了一切的眞相！要讓所有人都讀到！」

遠處傳來一大隊人的奔跑腳步聲。Rachel連半句感激的話也來不及說就跳下水了。

在水裡游出一段後她才回頭，看見老馬已經被十幾個人包圍著拳打腳踢……

此刻在尖東，Rachel掏出左輪來看。她不敢想老馬現在有甚麼下場。

只是現在回憶起來，剛才老馬的話與神情有一股很透徹的鎮靜，似乎非常甘心接受任何結果……

Rachel摸摸包在膠袋裡的手機和那幾本筆記本。她決心，就算死都得保護它們。

——她感到這條命，已經不只屬於自己。

十一月的晚風吹著濕透的身體，讓她不住顫抖。

她手裡無疑握著非常重要的消息與眞相。問題是應該交給誰？如何才能夠警告和通知所有人？

Rachel將手槍斜插在腰帶上，提起行囊，茫然往彌敦道的方向走過去。

——媽媽，保佑我。

WEEK 15 尋找同伴

KEYWORDS: 露宿者　廣東道　LXB

那來自遠方的怪異聲音，令睡眠中的Rachel驚醒了。

她馬上彈起來，把蓋在身上兼作保暖和偽裝的大堆報紙撥開，從行人隧道跑出去，仰望傳來聲音的天空一方。

Rachel此刻正身處佐敦的廣東道上，往中港城那方向遙看過去。

大廈叢之間的天色微明。還是凌晨時分。她沒有看見發出聲音的東西。但她知道那是甚麼。

——因爲已經不是第一次看見。

□

Rachel逃來九龍已經五天，一直到處流浪。期間好幾次遇到不懷好意的人，幸好有老馬送的左輪手槍傍身，對方才不敢輕舉妄動。

每次她都跟對方說：「對面海的人已經組織大軍，準備攻擊過來了！」但聽的人嗤之以鼻，就算她把那手機錄音放出來，都無法引起他們的興趣。他們只是繼續打量著Rachel，看看能不能將她手上和身上的東西都搶過來。

——不行。一定要找到還有理智的人。而且是還沒有放棄希望的人！

——但是這樣的人要怎麼找？

□

神祕的武裝直升機一個半月前突然在上空出現那件事情，Rachel當時沒有目睹，但聽過不少人提及。

直到兩天前，直升機第二次來了。真正看見那轟炸攻擊的實況，Rachel簡直嚇傻了。

她當時正漫無目的地在寶勒巷一帶遊蕩。突然就聽見那好像暴風颮過來的聲響。

然後她赫然看見三道有如死亡天使的黑影，快速在前方的天空低掠而過，往油麻地方向急衝過去。

還未知道發生甚麼事，北面就傳來強烈的爆音。Rachel震驚得呆住。

——怎麼回事？

她跑出彌敦道再看，直升機隊已經化爲高空的三個小黑點。北方遠處則冒升起大股黑煙。

那一晚她不斷思考這場面，終於想通了：

正如賴教授所說，直升機屬於外面封鎖和監視香港的勢力所有。他們進行這轟炸，也是封鎖行動的一部分。

——也就是說，九龍這裡正有人試圖用某種方法，突破封鎖！

□

這一刻再聽到直升機來襲的聲音，Rachel毫不猶豫就往那方向跑過去。

她拔出腰間手槍，朝著尖沙嘴所在奔跑，心裡祈求這次轟炸的發生地點別要太遙遠……

同時她又發覺有點不對勁：這次的聲音明顯比上次強烈得多……

——這次不止三架！

本來靜得要命的廣東道，突然冒出來很多人——許多同樣被直升機聲音驚醒的人。他們紛紛走到街上來，奔跑的方向全跟Rachel相反——都在拚命逃離直升機的來向。Rachel逆著人群向前拚命走，兩次被人碰得肩頭疼痛。

這次遭殃的是北京道一號。五架黑色的無標記武裝直升機，排列成戰鬥陣勢，向大廈玻璃幕瘋狂撒出火箭彈。燃燒的碎片如雨落下。

北京道一號成爲火海後，機隊還意猶未盡，又散開來朝旁邊的大廈用重機槍掃射。1881 Heritage和海港城都不能倖免，磚瓦粉碎。百年大樹逃得過地產商砍伐，逃不過這密集射擊，整株被彈幕切斷崩倒。

流彈四飛。Rachel躲在商廈的牆壁後，連探頭去看都不敢。

差不多掃射了三分鐘後，直升機又徘徊了好一陣子，似乎在確定方圓百米內再無任何生命跡象，這才收隊離去。

Rachel繼續跑近過去。現場實在慘不忍睹。有好些逃走不及的人，身體被大口徑機槍彈射得支離破碎，又或者被火箭的爆炸燒成焦炭。Rachel已經看慣了屍體，並未因此裹足，只是心裡非常焦急。

——我要找的那些人……不是也死了吧……？

視察十多分鐘後，Rachel正開始顯得失望，忽然聽到街道另一頭傳來說話的聲音。

「我X！這次他們真夠狠……」一個染金髮的中年男人，從商場地下室爬出來，看著滿目瘡痍，不禁大罵：「幸好這次躲在地底。他們這樣四周掃射，一定已經知道我們是用遙遠控制，想將我們一網打盡！」

接著是個十幾歲皮膚黝黑的小子，小心地捧著一台手提電腦，看著四周的情景，不禁臉上發青：「對，下次說不定他們索性放個大炸彈……看來我們一定要躲更遠了！也許要用兩重的訊號轉接。」

「不過這次好成功呀！」小子身旁一個戴著厚厚眼鏡的大叔，輕拍小子手上的電腦：「你寫這個LXB ver. 2.2更棒了，只用三天就破解了他們新設定的干擾！只要我們再收集多一些物資，可以每天都廣播，到時外面就不可能再封鎖消息——」

雙鷹、吉仔和尤叔三個仍在交談中，卻都突然呆住了。因爲他們看見，一個高大而又身手矯健的短髮美少女從瓦礫堆中跳出來，手上拿著一把左輪手槍對準他們。

隨後出現的幾名龍哥手下紛紛拔槍，但龍哥伸手阻止了他們。憑著豐富的江湖經驗，龍哥一眼看出面前這女孩並沒有殺氣，舉槍純粹爲了自保。

Rachel被對方幾把手槍嚇得顫抖。但她強忍著，槍口仍指向看來是首領的龍哥，同時打量吉仔和尤叔。兩人手裡都拿滿了電子和無線電器材。

「靚妹……不要用槍指著我……放下來吧。」龍哥以鎮定的語氣說。

「你們……」Rachel的視線落在吉仔的電腦上：「在對外通訊嗎？」

吉仔看著這女孩，感到喉乾舌燥，說不出話來，只是點點頭。

「只要再過大概一個月……」尤叔說：「外面的世界就會傳遍我們的消息，到時再不可能維持封鎖了。」

Rachel大大鬆了一口氣，她將槍垂下來。

「恐怕你們沒有一個月的時間啊。」

Rachel掏出手機來，按下播放錄音的鍵鈕。

「進——攻——九龍！進——攻——九龍……！」

WEEK 16 地下來襲

KEYWORDS: 紋身　港鐵站　抽風系統　聖水

「喂，我沒認錯的話，好像以前逮過你……」

阿材本來正在檢查手槍，聽到這句話抬起頭來。是個膚色黝黑的中年人，身體頗健壯，肩上擱著一把霰彈槍。阿材仔細看對方那張臉，好像有點眼熟。

中年人家輝微笑著又說：「我是守旺角警署的……」

阿材認出對方：一年前他在西洋菜街一家樓上酒吧賣「K仔」（K他命）時碰上警察來掃蕩，有個差人（註）怒氣沖沖刮了他一巴掌……

「啊！是你！」阿材冷笑摸摸臉。

「其實我不認得你的樣子。」家輝指一指阿材的右前臂：「不過認得這個紋身。那時

註：警察的俗稱。

候就覺得很漂亮，心想要不是當差，自己也去紋一個。」

阿材對這個死神紋身一直很自豪，因此一聽到有人讚賞就很高興。

「你是跟雙鷹龍的？」家輝問。

阿材點點頭：「哈哈，世事眞離奇，想不到警察跟古惑仔竟然有並肩作戰的一天……」

他們跟其餘三十多個大漢此刻正守在尖沙嘴港鐵站的清眞寺側A1出口處，一個個坐在樓梯上，人群間瀰漫著緊張的情緒。

自從上星期龍哥得到了港島居民正組織大軍準備進攻九龍的驚人消息，他馬上集合九龍各地區暴力集團的領導人商討對策。

多得Rachel冒死帶過海來的錄音，還有老馬寫的那些報導筆記，九龍眾人終於知道了整個香港被封鎖的大概原因，還有那「光華教會」的梁牧師如何騎劫了維園的港島群眾大會，演變成瘋狂的宣戰。一個個大佬和前警察聽著梁牧師那狂熱的腔調，都不禁臉色大變。

「他絕對會實行的！」Rachel在會議上作證：「我親身去過那甚麼『光華教會』！他

是個瘋子！」

眾勢力馬上被這些證據說服——既然墜落在港島的是一種能夠嚴重影響精神的生物劑，並有大量擴散傳染的能力，那就沒有甚麼不可能發生。

從港島進攻過來，最直接的路線是過海隧道——包括所有鐵路。九龍各暴力團馬上組織起來，並且分配武裝，派人把守各個出口。

阿材和家輝也是其中兩員。尖沙嘴站各出口的防守人數加起來達到五百人。

「你會用吧……？」家輝帶點憂慮地看看阿材手上的槍。

阿材點頭：「之前已經……射過一次了……」他沒說下去，似乎不想回憶。

家輝看著他：這小子難道已經殺過人？

家輝心裡有些慚愧。當警察的口裡說是「陀鐵」（佩槍）吃飯，但家輝從來沒有在執勤時拔過槍，更遑論向著一個活人扣扳機。他也不敢肯定，必要時自己幹不幹得來……

港鐵站的抽風系統停頓多時，裡面非常悶熱，因此主力都沒有守在站內，而是留在出口處養足精力，並輪流派人往下面探聽。

「你說……會不會真的在這裡開戰……？」阿材緊張地問。

家輝也不知道。但他想：金鐘至尖沙嘴是其中一條最短的地下過海路線，機會很大……

這時下面車站暗處傳來急奔的腳步聲。樓梯上眾人馬上紛紛站起。是其中一名負責探聽的同伴，跑上來大叫：「有聲音！有人來了！眞的有人來了！」

阿材、家輝與眾多同伴跟隨負責指揮的小隊隊長，各拿著刀槍兵器和手電筒奔下車站大堂。內裡又黑暗又悶熱，他們背上卻全是冷汗。

其他各出口也有隊伍跑下來，一時已經聚集了百多人。其他的防守兵力則在車站外街道作第二重布防。

探子不夠十人，爲免危險都已經從月台撤退回大堂。

「我們看見鐵路裡射出來燈光，而且會動的！」

百來人對著各通往月台的階梯嚴密布防，一管管槍口排成不會互相誤擊的陣式——多得同伴裡有飛虎隊的指揮官指導，他們的戰陣有效率得多。

「把所有電筒關了！」那指揮官高呼：「我下命令才一起打開！還有，我沒說『Fire』，絕不要開槍！」

眾人在漆黑中等待。阿材握槍的手無法控制地發抖。家輝則感到呼吸困難。

幾分鐘之後，終於就在接近兩人那邊的電動樓梯口，一束光華從下面射上來。

阿材緊張得停止了呼吸。

金屬樓梯上響起踏上來的沉重腳步聲，可是卻比預期中少得多，似乎只有一個人。另外還有某些物體在樓梯上拖動的聲音。

終於，那拿著電筒的人影在樓梯口出現了。

「A隊開燈！」指揮官猛喊。

阿材和家輝所屬的就是A隊——它包括了兩個A出口的所有守兵。四十多支電筒一起打開，照射剛冒上來的人影。

因爲眼睛一時不習慣，他們隔了大概三秒才看清楚，從樓梯上來的是個怎樣的人：一個身材很壯的中年婦人，身上穿著寫有「光華聯合軍」字樣的白色衣服，揹著一柄步槍。頭殼側有塊很大的傷疤。

在電筒光照射下，愛群的臉卻呈灰黑色。她左手緊握著一個寫著「聖水」的塑膠瓶，右手拖著一名身穿同樣制服的同伴，仍在茫然向前走。拖在地上那人顯然已沒有呼吸，不管頭顱怎樣被拖被撞都沒反應。

「怎麼回事……？」阿材一時呆住了，手裡的槍也不再顫抖。

愛群舉起左手，正想再喝一口「聖水」，瓶口還沒碰到白色的嘴唇，身體就倒下去了，一動不動。

車站內的人驚訝地繼續等待。可是再無其他人出現。

□

兩天之後，尖沙嘴和九龍港鐵站開始傳出強烈的屍臭。是來自塞在隧道裡那數以百計行軍半途缺氧而死的人。

這場「香港內戰」一開始就爆發了第一輪大量死亡，但是並沒有開過一槍。

WEEK 17（上）救世主

KEYWORDS：造勢大會　港奸　不存在　摩西　兒童牙膏

餐車緩緩給推進會所餐廳，宴會廳內頓時充溢著肉香。坐在長桌前那十多人，露出如狼似虎的飢餓眼神，緊緊盯著端上桌的一個個碟子。

「不要心急啊。」坐在長桌一端主人席上的梁牧師高聲說，舉起一隻手掌來：「進『聖餐』之前，要先祈禱。」

梁牧師說著就閉起雙眼，口中喃喃唸著禱文。坐在桌子兩旁那十幾個前港島各區「大佬」——現在都已經收編成爲「光華聯合軍」的將領——卻都只管垂頭，看著面前碟子上那肥厚的肉片，不斷在吞口水。

梁牧師的感恩禱文一完結，他們就急忙拿起刀叉，開始吃起他們的「聖餐」來。每個人吃狀都非常凶，有人吃了幾口就忍不住拋去刀叉，用手抓著肉大嚼。

這頓「聖餐」的材料，一個星期前還跟他們坐這同一張桌子——是「聯合軍」的將軍之一，前灣仔「和同興」幫會領導人濤哥。上星期的地底大進攻徹底失敗，「聯合軍」折損了千餘人之後，濤哥竟然有膽量當眾質疑梁牧師的謀略與能力。於是這兩天濤哥的身體各部分，就躺在「聯合軍」領導層的腸胃裡。

一個多月前，當「光華聯合軍」組成的時候，這個宴會廳坐著的領導還有三十九人；到現在剩下不到一半。

吃得最慢的是梁牧師，他把「聖餐」小口小口地切來吃，吃到一半就休息，呷一口「聖水」，以帶著滿足的目光瞧向窗外。

北面玻璃幕正對著的中銀大廈，從五樓到九樓高度掛了一幅相當於籃球場大小的布幕，在十二月的寒風中徐徐飄揚。布幕上繪畫的大型人像正是梁牧師，雖然畫功非常拙劣，仍可見那雄偉的站姿，比起真人來英俊和高大了不少。人像頭頂上有一句大標語：

「光華教會好」。

「光華聯合軍」組織籌備了這許久，到現在才真正發動進攻九龍的行動，其中一大原因就是花了許多資源人力製作這類宣傳物和制服，還舉辦了巡邏隊授權祝福儀式、五次誓師造勢大會……等等。

同時，港島的死亡人數一下子又大幅上升。到處發生大量的告密、私刑和迫害，任何人隨時都可能被指控是新界九龍派來的內鬼，或者是準備逃往對岸的「港奸」。「聯合軍」內部也偶爾無緣無故發生殘酷廝殺。四處都是成堆的燒焦屍體。

然而身在這宴會廳的將領們，沒有做任何事情去阻止。有的甚至親自指揮殺戮，執行時帶著猶如野獸的表情。

——就像此刻吃肉時的表情。

其實多數人都想到，這種殺戮趨勢極可能顯示了那生化「病毒」其實已經擴散極廣，加上「聯合軍」大力宣揚戰爭，催生出這效果。

但是沒有人說出口。甚至已經再沒有人提「病毒」那回事。彷彿大家都不提，「病毒」就不存在。

就連梁牧師都不提了。現在每次造勢集會，開戰的理由已經不知不覺間轉移爲掠奪。

「就在對岸，那些傢伙佔據著充裕的糧食、水和汽油！那些不義的、骯髒的人，佔著本應屬於我們的東西！」梁牧師上星期在政府總部外的誓師大會，用他一貫充滿魅力的演說語調宣告：「你會問：爲甚麼是屬於我們？因爲我們才是神的選民！我們才有資格活下去！」

簡單的煽動比甚麼道理都有用。下面的群眾都在想像，攻佔了對岸之後將可以放任地大吃大喝。飢餓與恐懼結合起來的威力異常驚人。梁牧師儼然已被奉爲領導眾人跨過維港的摩西，他的一切命令就是不容質疑的神旨。

梁牧師走到宴會廳的另一頭，向中環海岸俯看。沿著整條海岸線，近萬的「光華聯合軍」如螞蟻攢動，正在忙於爲第二次渡海攻勢作最後準備。

梁牧師看著這情景，已經忘了桌上未吃完的肉。有一股更大的慾望支配著他。

□

「已經很久沒刷牙了。謝謝。」Rachel喝了口水，高興地說。

隔在壁球室強化玻璃門另一面的吉仔看見，也笑起來。

Rachel拿著那管牙膏細看。是兒童用的，難怪這麼甜，還可以吞進肚子。太久沒有吃過糖果，Rachel索性把它當作甜品。

這牙膏和牙刷是吉仔帶給她的，從玻璃牆上方拋進去。因爲Rachel從港島過來，九龍眾多「大佬」害怕她身染那神祕生化劑並且傳染給眾人，決定把她禁閉隔離。千辛萬苦游泳過來報信，卻被人如此對待，Rachel只感憤怒又無奈。

Rachel舔著嘴唇，正在回味牙膏的甜美。吉仔看著這個比自己還要高出一個頭的女孩露出這副可愛的樣子，不禁呆住了。

「你不害怕我傳染給你？」Rachel問時，看看守在門前左右戴了口罩的兩名守衛。

「其實他們隔離妳是多餘的……」吉仔說著就沒繼續下去。

可是Rachel已經猜到：「外面死了很多人？」

吉仔點點頭：「自從知道港島的人要攻過來之後……」

——正如在港島一樣，在戰爭氣氛感染下，瘋狂、殘暴與猜疑也陸續在九龍爆發。看來那生化劑早就傳來對岸並且擴散。

吉仔看見Rachel神情沮喪，就拿出背囊裡的電腦來：「不用擔心！我們已經跟外面很多人通信過，並且拜託他們找駭客幫忙，將香港的實情傳播出去！很快就能夠打開封鎖！」

Rachel仍是一臉哀傷：「我怕……我們不會等到那個時候……」

就在這時，體育館樓下傳來鼎沸的騷動人聲。有人奔走。有人驚慌尖叫。

吉仔臉色大變。他知道是怎麼一回事：

第二次進攻來了。

WEEK 17（下）維港大屠殺

KEYWORDS：西九文娛藝術區　遙控模型船　污染

吉仔聽見外面的騷動後還不到一分鐘，雙鷹龍的手下已經衝進體育館裡來。

「快！」他們把吉仔左右架起，送往升降機門。

吉仔回頭，只見其餘數人又打開壁球室玻璃門，粗暴地抓起Rachel，用黑布袋罩住她頭臉，把她雙手扣在背後，整個人抬起來。

「別傷害她！」吉仔焦急地呼叫。他們沒有理會，只是將兩人塞進升降機。

三輛客貨車早停在官涌市政大廈樓下，幾個古惑仔迅速把他們抬上車。

車隊飛快直驅西九龍填海區，越過大片空有「文娛藝術區」之名、野草已長到肚臍高度的荒廢爛地，到達鋪滿木板的海濱長廊。

在已經發鏽失修的「WEST KOWLOON CULTURAL DISTRICT」（西九文化區）巨型鋼鐵文字底下，聚集了近千人之多。

吉仔抱著手提電腦下車，看看那兒的人群。雙鷹龍跟其他多個暴力團「大佬」早就等候在此，還有他們的大票手下，一個個拿著刀槍武器，神情都非常緊張。

尤叔也在，還抱著女兒阿麗。阿麗今年二十四歲，個頭比尤叔還要高，但此刻顯得虛弱地倚在父親懷裡。尤叔替她戴上帽子，抵擋海邊的寒風。

阿麗看見吉仔，點了點頭。她很清楚，父親全靠跟這少年合作，兩家人才沒有在「大關機」之後餓死。

Rachel也被抬下車來。爲防她感染眾人，頭上的布袋沒有拿下來。

「甚麼事情……」吉仔問。

但其實不需要任何人回答。往海上一看就明白了。

對面的港島海岸，赫然滿布了數以百計的大小船隻，從渡海小輪到摩托舢舨都有，上面還聚集了黑壓壓的大量人頭。整條布陣線非常長，從上環一直延至灣仔。

——港島「光華聯合軍」，果然要正面進行渡海大攻勢！

吉仔看見後臉色發白。

這連環船陣任何一秒都可能發動。全部渡海過來大概不用十五分鐘。

「光華軍」組織這支龐大隊伍時，利用了各種方式僞裝掩飾，令九龍這邊遲到現在才察覺；現在一下子撤去僞裝，製造大軍突襲的聲勢，欲令九龍一方不戰自潰。

「好傢伙……」龍哥眺視隨時發動的敵人，咬牙切齒說：「這樣的氣勢……要是給他們過來登陸進攻，恐怕對我們非常不利……嘿嘿，幸好……」

「龍哥，已經有迎擊的準備嗎？」吉仔左看右看，卻不見九龍海岸上有任何戰船。

——難道就靠岸邊射擊？火力足夠嗎……？

龍哥拍拍尤叔和吉仔兩人的肩頭：「多得你們。」

龍哥的手下抬來了東西，似乎正是他的迎擊手段。

吉仔看看，原來只是兩條遙控模型船。船的比例頗大，每條都有大半個人的長度。他們小心翼翼地把船抬下岸邊岩石，放到海裡去。

——這就是武器嗎？……怎麼……

吉仔再細看，只見兩條船上載著許多裝置。吉仔看出那些熟悉的裝置，驀然明白是甚麼戰術。

他以惶惑的眼神瞧向尤叔。尤叔避開了吉仔的視線。

這時對岸船隊似乎有發動的跡象。先是從IFC下方的碼頭，冒煙的小輪帶領下，左右兩邊十多條遊艇在維港挺進。

九龍這邊，兩名遙控好手站在海濱長廊欄杆前，也將模型船發動。小型引擎發出「噗噗」聲音，在近岸處游弋。

「等他們到了海中央才發動。」龍哥吩咐遙控手，然後盯著吉仔：「你明白要怎麼做吧?快打開電腦，準備好LXB程式!」

吉仔再次看尤叔。

尤叔嘆息：「不錯……那模型船上的東西是我裝的……我沒有選擇……」他摸摸阿麗的頭髮：「你也一樣。想想你的爸媽和弟弟。」

「光華聯合軍」渡海船隊果然開始了全面出擊。上面的乘員在狂熱呼喊和敲鑼打鼓，隔在維港這頭都清楚聽到那股聲勢：

「進——攻——九龍!」

吉仔顫抖的雙手打開了電腦，卻看著螢幕在發呆。

——他從沒有想像過，自己寫的程式，會被這麼使用。

「X，你還在等甚麼？」龍哥眼睛裡閃出殺氣：「是要死在我手上？還是待會兒死在香港那群瘋子手上？隨便你挑！」

眼前的選擇清楚不過。只是對於一個未滿十八歲的少年來說，要親手進行這樣可怕的事情，實太沉重。

「你老X，快！」龍哥二話不說，伸出牛肉刀拖在Rachel肩上。血花濺落木板。Rachel在黑布袋內發出悲叫。

吉仔驚慌猛點頭，發動起LXB程式。同時尤叔開啓了身旁的無線電機組。

龍哥揮手。兩條模型船全速往「光華軍」船陣中央接近。

船陣正越過維港一半，一直不見對岸任何迎擊行動，已是士氣高昂；此刻看見小小兩條模型船駛來，更馬上爆發譏笑，並沒有向它們開槍。

載著無線電機的模型船進入船陣，在中間不斷穿插，並且開始發放信號。

——向境外要求通話的求救信號。

「光華軍」眾將士不再理會模型船。無防備的九龍海岸已在眼前。他們泛著餓狼般的表情，似乎正在幻想要如何肆意燒殺搶掠……

就在此時，所有人都聽見，遠方天空一角傳來異聲。

——這聲音他們並不陌生。只是這次比以前任何一次都要更響亮。

南方的晴朗天空，出現了爲數多達三、四十個的黑影，正高速朝著維港飛近。

「光華軍」眾人的目光頓時轉爲強烈的恐懼。

有人朝那些飛來的死亡黑影開槍射擊。但一切都是徒勞。

第一枚火箭彈射來。一條遊艇率先轟然化爲火球。

無數絕望叫聲之中，密集的彈雨終於撒下。

今天維港的海水，將史無前例地污濁。

WEEK 19 聖誕反擊戰

KEYWORDS: 躉船 天星鐘樓 佔領中環 麥當勞道

家輝將霰彈槍擱在肩膊上，站到躉船的最前頭，眺望正逐漸變大的中環海岸景色。

這一天正是聖誕節。當然全香港都不會有人慶祝。中環那些廢棄的高樓上也沒有任何華麗燈飾。那幅巨型的「光華聯合軍」總帥梁牧師畫像還掛在中銀大廈上，但是幾天前一陣冬雨已經令圖畫上的顏料化開，巨大的梁牧師變得一片髒兮兮的模樣。

十二月末的維港寒風迎面颳過來，家輝卻半絲不怕冷，只穿著一件附帶許多口袋的軍用戰術背心，胸腹間掛滿了備用的彈藥。

他展露出來兩條黑黝黝的粗壯手臂，右膊上多了一個死神紋身——不，仔細才看出來，那紋身並不屬於他。那是把別人的皮膚整片割下來，再用針線縫到自己的皮肉上。

家輝已經忘記了原本擁有這紋身那個古惑仔的名字，只記得不久之前他們還曾經並肩作戰。他也記不起爲甚麼會殺掉對方。那是一場奇怪的戰鬥，九龍幾個暴力團的人無故就打起來，很快由拳頭架演變成動刀槍。殘酷的殺戮。身邊每個人，好像都因爲戰爭的恐懼而變成了野獸。

從前當警察的家輝，殺過人之後才開始明白：**克服恐懼的最好方法，就是給別人帶來恐懼**。殺害別人時，甚至有一種強烈感受到自己存在的快樂。

——他完全不知道：這都是感染了「獨角馬計畫」生物劑後對腦袋產生的影響……

此刻他已經迫不及待，等著躉船快快泊上港島的海岸。他期待手指扳機將霰彈炸在敵人胸口的時刻。

九龍大軍的反擊戰。

十二條躉船與船上的兩千人先頭部隊，在拖船牽動下快將抵達中環。家輝坐的這一條正是領頭船。

——非常湊巧，正是這條躉船，多年前也在同一地點進行過一次歷史性的工作：將乘夜拆下的天星碼頭鐘樓殘骸運送去堆填區。

船上的九龍戰士許多神色凝重。上星期的「維港大轟炸」，雖然肯定已經將「光華聯合軍」的精銳殲滅殆盡，但他們沒有掉以輕心。傳說中港島的人大多都感染了那超級病毒，變化成喪屍般的殺人狂，登陸後說不定有一場惡戰……接近海岸時，船上許多人都舉起槍戒備著，防範岸上有炮火抵抗。

可是直到最前頭三條躉船都泊了岸，還是沒有人開過一槍。後面的躉船也有序地排列接上。

海邊竟然完全沒有敵軍防備。

家輝和同伴興奮高叫著狼嚎般的戰號，紅著眼舉起刀槍衝上岸去。後面停定了的許多船上戰士，也都陸續加入。

兩千人就像古代的野蠻民族，奔跑穿過還沒完成的中環繞道工地，深入到幾條主要街道，很快就把整個中環核心地帶佔據了。

沒有任何抵抗。

戰士們靜靜地佔領遮打道街頭，就如從前每個週日外傭在行人專用區的聚會無異。沒有人交談，剛才高漲的戰鬥情緒很快就冷卻下來。他們都因爲這意想不到的「戰況」無言。

家輝仰頭看見，有同伴爬上了終審法院大樓的屋頂，把一條潦草寫著「九龍」兩個大字的長長紅布，披到那蒙著眼的泰美斯女神身上。

紅旗隨著風徐徐搖動。

□

聖誕詩歌的合唱聲在大廳內悠揚飄盪。梁牧師深陷在柔軟的沙發中，閉著眼輕輕比劃著手指，完全沉醉於歌聲裡。

——這種時候還浪費電力聽音樂，簡直是不可饒恕的奢侈。

他跟前小几上放著碟子，那塊「聖餐」只吃了一小半。自從成爲統領全港島的精神領袖開始，梁牧師就發覺自己食慾越來越低，好像靠著其他東西滿足了。

他感覺自己跟神越來越接近。

地底進攻演變成慘劇；繼而是維港的大敗……已經消蝕了「光華聯合軍」戰力（包括人數與武器）的八成。可是梁牧師半點沒放在心上，臉上更看不出任何沮喪。

——神一定站在我們這邊。我們最後必會得勝！

正在享受著聖詩的美妙，他完全沒有察覺有人走進來。

梁牧師睜開眼的時候，發現十幾個「光華聯合軍」的將軍就站在他面前。

「聖誕快樂！你們來得正好！」梁牧師站起來：「我已經想到接著的戰略。」

他說著走到露台前。這兒是位於麥當勞道的半山豪宅，方向正好對著維港。

「我們暫時撤退上山頂……在半山布防，對方再多人也難以攻上來。等到他們一浪接一浪來送死，折損得差不多後，我們就反攻過去……」

梁牧師說完他那異想天開的「戰略」後回過頭來，卻發覺將軍們臉如死灰，半點沒有受到他的激勵。梁牧師看見不禁皺眉：這些傢伙的信念真弱……

「我們要通過這試煉！只要堅持，神必然不會離棄……咦？甚麼聲音？」

梁牧師才演說到一半，發覺外面開始傳來鼎沸的人聲，正向這裡接近。

「已經……完了……」其中一名將軍喃喃說。他曾經是雄霸香港仔魚市場、刀頭舔血打天下的江湖大佬，但此刻也無法抑制身體的顫抖。

大門被撞開。三十幾人拿著棍棒衝進來，有男有女，後面的走廊也塞滿要陸續擁進來的人。

梁牧師看見情緒如此高漲的群眾，最初那一秒本能地感到高興，但接著知道不太對勁。

「神與我們……」他急忙高呼，但沒能完成句子。

這是他一生說的最後幾個字。

在憤怒的港島民眾棍棒之下，梁牧師跟他的將領迅速倒下來。民眾沒有罵一句，只是默默又狠狠地用最原始的武器往那些肉體砸下去。

打了足足十分鐘，他們才用繩索套在已經遍體鱗傷的梁牧師頸項，然後把他從那個俯瞰中環、景色非常優美的寬闊露台上拋下去。

梁牧師的屍體在寒風中搖曳，引得樓下聚集的群眾拍手歡呼。

□

兩小時後，港島民眾派出代表，向九龍的入侵部隊正式無條件投降。

「第一次香港內戰」，宣告結束。

WEEK 20 資源再分配計畫

KEYWORDS: 立法會　薄荷菸　理性　表決

終審法院這棟過百年的古老建築，已經許久沒有這麼熱鬧，座席上滿是人，四處站著全副武裝的護衛。

這兒正是三個月前，阿傑被老馬用墨水筆插死的伏屍之地。如今卻再嗅不到一絲屍臭。

連大樓外頭的石柱之間都受到重重保護，因爲此刻坐在裡面的，全是目前維港兩岸最有權力的人。

所有九龍區的暴力團體領導都到齊了。成功征服港島之後，他們要商議接下來如何善後。

最後一個進來的是雙鷹龍。

叼著薄荷菸的龍哥，特意穿上一身Giorgio Armani西裝，頭髮也重新染金了，在許多手下左右拱護之下，威風地步入法院大廳。

其他「大佬」看見龍哥如此刻意打扮都不禁竊笑——這種時候還穿名牌衣服，是非常無聊的事情。

可龍哥不是這麼想。這對他來說是重要的一天。

從前年輕時，他常常透過電視看見立法議員在這裡開會。他不大關心政治（哪個古惑仔會？），也不是特別羨慕那些議員和高官。只是雙鷹龍那時就很清楚，自己跟那些人有多大的差異，各自身處在社會的哪個位置：最光明，跟最黑暗的。

他從來沒有想像過，自己這麼一個小小的黑社會中層，旺角幾條街的老大，竟會有踏進這殿堂的一天。

而且是以權力者的姿態。

那些「大佬」雖然覺得龍哥可笑，但還是壓抑著不被他發現。因爲在這法院大廳之上，龍哥正是擁有最大權力的一個。

這兒所有人都見識了兩星期前「維港大轟炸」的可怕：整個海港一片血紅，硝煙跟烤焦人體的氣味久久不散。香港發生這等威力的軍事轟炸，上一次要數到二次大戰日本皇軍侵略的那個時代了。

龍哥牢牢控制了吉仔和尤叔，就等於控制著那隊黑色武裝直升機的召喚權，掌握了一件能壓制、毀滅香港任何一地的最強武器——誰還敢因爲一套西裝譏笑這個人？

所有人坐定了，卻誰也不知道應該怎樣發言。他們這個九龍聯盟，本來就是因爲港島「光華聯合軍」要進攻九龍，才匆匆組成去抵抗對方，並沒有甚麼眞正組織架構。現在連敵人都消失了，更加沒有方向可言。

眾人七嘴八舌吵了好一陣子。龍哥眼見這樣子下去不行，便在古老的木桌上捺熄了菸頭，清了清喉嚨高聲說：「讓我來說幾句，可以嗎？」

各「大佬」馬上靜下來凝視龍哥。若非他想出那不流己方一滴血的轟炸妙策，九龍眾多勢力如今還在街頭苦戰，甚至很可能早就死光。經過那一役，雙鷹龍早已隱然奠定盟主的地位。

「首先，我們不應該爲這次勝利而高興。」

龍哥雖然第一句就這麼說，但看他手插西裝褲袋發言那得意的樣子，誰都不相信他沒有半點征服者的興奮。

「要記著，我們走在一起，只是爲了一個目的：活下去。」

龍哥說著，手上揚一揚老馬所寫的筆記本。

「這種封鎖的日子還有多長，我們都不知道。也許會延續到我們想像之外的長度。如今放在我們眼前的，是兩個最大又最迫切的問題：第一是那種『獨角馬』病毒，我們要如何控制和消滅它；第二是解決糧水儲備不足之苦——簡單說，就是怎樣避免一起餓死、渴死。」

眾「大佬」一邊聽一邊點頭。其實是很簡單的道理，只是有個人帶頭說出來而已。

「雖說是兩個問題，但只要仔細想想，其實都是一件事情。」龍哥招招手。身邊部下爲他點燃了另一根薄荷菸。

龍哥深深抽了一口，然後好像下定決心地說：「我已經想到一併解決的方案。它就叫作『資源再分配計畫』。」

龍哥的手下把早就預備好的大幅圖畫紙展開示眾。

眾人細看，原來是一幅粗糙繪畫的香港島地圖。上面除了中間大片黑色的太平山之外，各處都被分割成二十多個不同顏色的小塊，各有一堆數字標記。

「這個數字是執行的順序……其他較小的數字則是進行的時間和所需人手……」龍哥指著地圖解說：「我已經詳細考慮怎樣分配次序。最重要是不能讓這些不同地區的人知道，我們正在進行些甚麼……」

他停頓了一下，抽了口菸又說：「只要全部完成，我們手上的糧食資源，將會增加一倍。」

眾「大佬」最初聽得一頭霧水，但直到這一句，他們終於明白了。所有人背脊流下冷汗。

所謂「資源再分配計畫」，不是真的去分配資源，而是控制資源的消耗。

那就是：**人口**。

「你瘋了……」有個「大佬」氣急敗壞地說：「這跟『光華』那姓梁的傢伙有甚麼分別。」

「分別就是，我沒瘋。」龍哥心安理得地回答：「你寧願自己的家人和手下餓死，也要養活那些病毒的感染者嗎？那麼我相信我比你理性。」

對方啞口。其他人都屏息。

「假如有人能提出更好的解決辦法，歡迎。」龍哥把菸拋掉。「否則，就是同意啦。」

這個古老的殿堂，過去也曾經作出過許多大大小小極富爭議的決定。但是從來沒有一次在表決時，氣氛是如此陰沉詭異。

在沉默中，屠殺全港島居民的決定，一致通過。

WEEK 21 屠房

KEYWORDS：口罩　騰出空間　低增值人士　油街　毒氣室

兩個男人輕輕鬆鬆就把文迪從屋子裡拖出來。

這一點都不奇怪：經過長期挨餓，文迪的身體如今只有三十六公斤。他就像個嬰孩般毫無反抗的力氣。

文迪的眼睛本來就因爲臉龐瘦削而顯得很大，此刻在驚恐中更瞪得像快要跌出來。他看看把自己拖下樓梯那兩個男人。只有左邊那個瞧著他。那箭豬頭男子背上斜掛霰彈槍，面上戴著衛生口罩，眼睛裡毫無情緒。

「幹甚麼……求求你們……放開我……」文迪像哀號般懇求。

箭豬頭家輝完全沒有理會，繼續用力去拖。

右邊另一個同樣帶槍的漢子則隔著口罩說：「沒甚麼的……只是要你們騰出空間來。」

家輝看一眼同伴，覺得他無聊至極。有甚麼好說的呢？不聽話的人，就賞他一記槍托好了。

文迪半點兒不相信那傢伙的話。甚麼「騰出空間」？四處都已經是空蕩蕩的房子。

文迪跟親屬幾家人，自「大關機」以來一直都在北角一帶東躲西藏。他本來是物流公司的主管，因此知道一大批糧食的所在地，十幾人就靠它挺了好一段日子，可是後來仍只剩三個人活著；之後「光華聯合軍」成立，統籌港島的物資，他們得到的分配少得可憐——大部分物資糧食都給「光華軍」的戰鬥人員佔去了。文迪眼看著最後兩個親人——弟婦和姪兒都活活餓死。他能夠呼吸到現在已經是奇蹟。

然而終究到了最後的時刻。

文迪被帶到樓下的電器道——根據雙鷹龍的「資源再分配計畫」，這裡被劃作「第二十三區」——那兒有許多跟他同樣命運的人，都被押出來聚集在路口上。夜裡四周一片漆黑，只有暴力團帶來的幾支手電筒，文迪靠那少許亮光隱約看見，從附近房屋被趕出來的大概有一百來人。有的因爲反抗血流披面，有兩、三個更重傷暈倒了。

「就只有這麼多嗎？」家輝是負責「第二十三區」的執行指揮，他抹抹額上的汗珠，看看那堆人，不禁皺眉。

港島其他正在進行「資源再分配」的區域聽說都是差不多。剩下來的人口遠比想像中少，收繳到的物資也並不多。

——看來領導層太過高估「資源再分配計畫」的效果了……這樣子下去，能夠省下來讓我們吃的糧食根本就不充裕……

可是家輝又想：能多活一天就算活一天。有的事情是一定要做的。

——這時家輝並不知道，雙鷹龍也跟他有同樣的想法。龍哥已經陸續收到報告，知道屠光港島所減少的人口消耗和騰出的物資絕對不足夠，「資源再分配計畫」還有必要再擴大。他已經開始著手研究如何甄別九龍的「高增值人士」和「低增值人士」……**有的事情是一定要做的**。

戴著口罩、拿著刀槍的暴力團員各自掏出紅色油漆筆，在那群人身上逐一畫下大交叉以作識別，接著便驅趕他們向前走。

文迪跟著眾人走的時候回頭看看，只見留在後面那幾個倒地不支的人，正被暴力團用磚頭狠狠砸在頭顱上。黑夜掩蓋了血的顏色，但掩不了頭殼骨破裂的詭異聲音。文迪和身邊的人聽著，害怕得彷彿連骨髓都在打顫。

眾人像牲口般被趕到油街的前物料供應處倉庫。這座自從一九九九年至今丟空多時的舊建築，一直因爲不明原因重建無期，以前就常有鬧鬼的傳聞。文迪此刻身處其中更覺陰森。

——簡直有點像……屠房……

他們走到一個倉庫改建的辦公室跟前，寬大的古老大門開著，裡面一片漆黑。在文迪眼中，那彷彿是洞開的野獸嘴巴。

暴力團員刻意不把電筒照向那倉庫，但人們還是看見了：倉庫各處窗戶都用雙重木板封死了，窗的四周邊角都有膠紙密封；只有其中一片窗開了個小洞，洞口伸出來一條很粗的塑膠喉，喉管另一端接駁著倉庫旁停泊的大貨車尾後死氣喉（排氣管）……

這樣的裝置，誰都看得出來是甚麼用途。

文迪閉起眼睛。

——也好。聽說這種死法不痛苦，只像很疲倦地睡著……

就在「牲口」還沒有被推進那倉庫時，人群中突然爆發一記驚呼。

呼叫的那個男人就站在文迪身旁，文迪轉過去看他時，男人卻「哇」的一聲，口鼻同時噴出鮮血來，把文迪整張臉都噴成鮮紅色！

就好像傳染一樣，人群裡接連有二十幾個人慘呼，有的臉色青白就倒了下去，更多的卻也都在噴血，忽然之間黑夜裡揚起一股濃濃的腥味，血霧在人群之中爆開來！

包圍在人群外的暴力團員，包括負責指揮的家輝，馬上驚恐四散，沒命似地奔逃出街外，有的一邊在狂呼：

「病毒！病毒！」

他們再沒理會執行「資源再分配」的任務，丟下要處決的人就一起逃走，直跑到三條街外才停下來。有人身上外套染了血，慌忙脫下來拋到老遠。

家輝跟同伴俯下身來，辛苦地喘息著。他聽過之前其他區也曾經發生這種事。沒有任何其他解釋了：那些肯定就是中了生化病毒的感染者！

——事實是：「獨角馬計畫」的生化劑，本來的作用就是催化人的想像以凌駕理智與肉體；這些感染者在看見毒氣室時，馬上激起極端恐怖的想像，身體無法承受那精神的巨大衝擊，在生化劑激化下產生各種不同的生理反應，因而當場暴斃！

這時一個暴力團員指著家輝：「你……你……」

家輝伸手摸一摸，才發覺自己口罩染濕了，但並不是自己的汗或唾液。而是一抹鮮血。

「我……我沒有……」家輝急忙把口罩扯下來，用力伸臂去抹口鼻間的血水：「不是的……我平時也有流鼻血……」

四周所有的同伴都看著他。手電筒映照之下，一雙雙如狼的紅色眼睛亮起來。

家輝毫不猶豫就舉起霰彈槍。其他人也一樣揚起武器。

黑夜的北角，轟然爆響頻密的槍聲和野獸廝打般的叫嚎聲。

良久方才止息。

WEEK 22（上）大征服

KEYWORDS：新界勢力　搬家　流鼻血

眺望海上來來回回的船隻，雙鷹龍深深抽了一口菸，眼神裡充滿不安。

身旁另一個暴力團的領導拍拍他肩頭：「來，也給我一根。」

龍哥卻撥開他的手，搖搖頭拒絕。他手上只剩下最後這幾包了，而且還不是平日最喜歡的薄荷菸牌子——那些早就抽光。

此刻就算你擁有最大的權力，你也無法憑空把菸變出來。

他們一眾十幾個領導，站在中環海邊，親自監察船隊把九龍那邊的物資糧食運過維港到來。

他們已經決定棄守九龍，將陣地轉移到港島，原因只有一個：新界的勢力幾天前開始南侵而下。

根據龍哥手下探索到的情報，新界人也跟九龍和港島一樣，終於在兩個星期前結成了聯合大軍，以沙田和西貢兩地爲主要的進攻大本營。

龍哥當然不是從沒考慮過北面這個重大威脅，只是他一直認爲，新界不同區之間的鬥爭已經有夠他們忙，地方又廣大，很難統合起來。

然而要發生的始終會發生。上星期已經接連收到異動的報告。最要命的是三天前，一支自稱叫「果園村突擊隊」、爲數達數百人的敵方先頭部隊，乘夜偷襲荃灣，那區一個來不及搬遷的糧食倉庫，一夜之間就被佔據了。

更不巧的是，九龍大軍因爲執行「資源再分配計畫」，大量兵力調配到了港島，留在九龍半島的人數抵不住新界軍零星但尖銳的試探性進犯。九龍的守軍一看見對方壓倒性的人數，沒有經過任何交戰就逃走，現在防線已經退縮到荔枝角和九龍城一帶。

龍哥馬上叫停了出事重重的「資源再分配計畫」，將人手調回來，形勢才稍稍穩定。

可是他知道挺不了多久：新界人口本來就佔全港一半，習慣體力勞動的基層又多；因爲較多新移民家庭，年青力壯的居民比例也高。在這講求最原始武力的時候，全都是壓倒性的優勢。

「我們搬家吧。」龍哥向眾九龍領導提出。利用海港這個天然屏障，是加強守備力的唯一方法。

於是繼「資源再分配」之後，他們又向下面宣布進行「大征服計畫」——「征服」不過是個說來好聽的名詞，事實上就是撤退。

「可是……搬去港島……不是有感染病毒的危險嗎？……」也有人這樣質疑撤退計畫。先前「病毒」一直只是他們展開戰爭和屠殺的藉口；可是在「資源再分配」時，竟接二連三爆發大量吐血暴斃事件，病毒的威脅變得異常眞實。

眾領導經過權衡之後，沒有其他選擇，只能盡量執行隔離港島居民的政策。神祕飛機「獨角馬」墜落的銅鑼灣區，當然更成爲嚴密封鎖的禁區。

本來九龍軍並非全無反擊之力。龍哥手上還掌握著一件最厲害的大殺傷兵器：用無線電召喚黑色武裝直升機進行轟炸。

然而現在就連這兵器也都廢掉了。

想到這裡，龍哥不禁看看身後幾十呎外的吉仔，心裡暗罵：

「你這廢物……甚麼時候醒過來呀……？」

吉仔呆呆坐在碼頭的長椅上，一手仍然捧著手提電腦，另一隻手拖著坐在旁邊的人。

那人全身都穿著塑膠衣鞋和帽子，戴著一個豬嘴形狀的防毒面罩，正是Rachel。

維港大轟炸那天，吉仔親眼看見海港全染成血紅色的殘酷景象，此後就變成這副樣子。原本用以對外求救的「作品」，竟然變成殺戮兵器，還要由自己親手啓動——這對一個少年來說實在是太大的衝擊。最初他發瘋般亂跑亂叫，要幾個大漢才制伏得了，後來發現只要Rachel抱著或拖著他的手就平靜下來。

龍哥曾經試圖逼尤叔向新界發動轟炸，但尤叔也沒辦法。「我一直都只是負責無線電那部分……」尤叔向他解釋：「那個破解干擾的程式是吉仔寫的，不是我的專長，我搞不定。那干擾訊號的模式現在每天都在變，沒有吉仔破解，無線電根本發不出去。」

龍哥又看看全身沒有一寸露出來的Rachel。這女孩是嫌疑的病毒攜帶者，本來根據「資源再分配計畫」是要馬上處決的。但龍哥對吉仔復元還抱著一線希望，因此留著她一條小命。

Rachel也知道自己因爲吉仔才能活到現在。即使不是這樣，她仍然很願意照顧吉仔。她沒有忘記，在自己被隔離關押的時候，吉仔是唯一來探望她的人。還帶著很甜美的牙膏。

兩人無言就這樣坐著。吉仔雖然完全看不見對方面目，但似乎從那隔著塑膠手套的觸感裡，能夠辨別出是Rachel來。他那眼神痴呆的臉上，帶著安慰的微笑。

實際轟炸行不通，龍哥就嘗試心理戰。維港轟炸時他曾命令手下拍下錄像和相片，於是馬上製作了好幾個副本，命人潛入放置到新界軍的佔領地去。

但對方全無反應。

——對著已經快餓死的人，暴力威脅就像個笑話。

平時糧食儲存在各處還不察覺，一搬遷起來就露底了。船隊把物資運過海來，只花了一天半。九龍眾領導看見，心裡都不禁想：只剩這麼一點點，我們還能夠捱多久……？

龍哥當然也知道。他拿菸的手在顫抖。

可是他反覆在心裡告訴自己：

就算最後只剩一個人，我也要活下去。

他沉思的時候，自己並沒有察覺：左邊鼻孔正緩緩流出血水來。

WEEK 22（下）果園村突擊隊

KEYWORDS: 留守　旺角鏹水彈　建築工人　浮腰

空蕩蕩的彌敦道上，堆積著焚燒的輪胎。

黑煙往晴朗的天空冒升，附近街道頓變一片迷濛。

火焰輪胎陣的後頭，更有雜物和大件垃圾堆成的路障。

一切都是爲了阻止入侵者從北邊過來。

十幾輛大型貨車與泥頭車（砂石車）成一條緊密的隊形，緩緩在彌敦道與太子道的交界出現，往旺角核心地帶的方向前進。車斗上坐滿站滿都是人，每個都身穿反光背心的建築工人衣服，戴著黃色安全帽和口罩，手上拿著兵器。有人舉著製作很粗糙的白色旗幟，上面用紅漆寫了幾個大字，隱約可見包括了「果園村」三個字。驟眼看過去，整支隊伍人數近千。

車隊兩側有「工人」徒步行走，他們穿著勞工白手套扛著刀槍，就像二次大戰時的步兵伴隨戰車推進，既用車子作掩護，也在保護著車隊側翼。

遇著旺角道上那焚燒的輪胎陣，他們一時無法前進。車隊卻沒有半點混亂或焦躁，只是分開駛到大道兩邊。「工人」列陣向四邊戒備，耐心地等待著。

十五分鐘後，另一輛車子發出噪音在後頭慢慢出現。是一輛碩大的推土機，在兩重障礙中間輕輕鬆鬆清出了一條通道來。

「工人」們馬上又跟著車隊重新前進。

黃伯從舊樓的天台，透過望遠鏡看見這一切。

「可惡的新界人……我是不會把家園讓給你們的！」

黃伯身邊站著十幾個老街坊，另外附近其他的大廈也分布了同志，加起來總共有四十多人。

他們是少數沒有跟隨「大征服」計畫遷移去港島的九龍居民，大部分是旺角本區的街坊，誓死要阻止新界的侵略大軍南下。

什麼「大征服」？說穿了就是絕望的撤退，他們都看透了這點。既然生存的希望渺茫，倒不如守住這裡，死也死在自己熟悉的地方。

他們都聽過「果園村突擊隊」閃電侵佔荃灣糧食庫的消息，現在更親眼看見敵人的陣仗。可是他們並不害怕——九龍軍「大征服」遷移港島後，並沒有給他們留下半點糧食，這些街坊都是抱著必死的決心留守。

「果園村」的車隊已經進發到奶路臣街交界，卻突然停了下來。車上「工人」火速下車，千人部隊向兩邊街道奔跑擴散，開始逐家大廈搜索，看來是要找出附近有沒有倖存者。

面對二十倍數量的敵人，街坊毫無懼色。

黃伯在天台上舉起紅色旗號。

附近五座舊樓的天台，有十幾個塑膠瓶紛紛從天而降，襲擊街道上的入侵者！

塑膠瓶打中馬路或「工人」的安全帽，爆出濃煙跟刺鼻的氣味。是鏹水彈！

「工人」走避之餘卻沒有慌張撤退，而是冷靜地走到街道兩旁找掩護。他們裝備齊全，身上的建築勞工服又夠厚，三十幾個被鏹水濺中的人裡，不到十個受傷，而且都是輕傷；只得一人不幸被濺中左眼，痛苦地慘叫著。

他們從口袋掏出安全塑膠眼罩戴上，又繼續向扔出鏹水彈的大廈破門而進。

其中三支小隊共百餘人，都集中往黃伯所在的舊樓攻過去。顯然剛才黃伯的指揮紅旗已經被發現了。

在天台上，街坊死命用木條頂住通上來的樓梯木門。

「不用慌張！」黃伯站在戰友後頭，高聲鼓勵。

他們更在木門底下的裂縫傾倒火水，準備必要時用火攻。雖然這樣很可能波及天台上的所有人。

——反正早晚都是死，就死得轟轟烈烈吧！

木門後面傳來猛撞。「果園村突擊隊」開始破門。街坊都把體重挨到門上。但每一次撞擊都比上一次更強。

「要不要點火……」街坊回頭問黃伯。

黃伯猶豫。因此太遲了。

木門突然爆破開來，跟門前的十幾個街坊一起倒下。眾多新界軍的「工人」魚貫衝入，很快就霸佔了整個天台。

「同你死過！」一名戴眼鏡的中年瘦街坊，激動地抱著其中一個「工人」。但那「工人」比他健碩得多，一記柔道「浮腰」招式，就把四眼街坊摔到一旁，四腳朝天。

「工人」裡一個看似領導的人，朝黃伯走近過來。他腰間掛著手槍，手裡拿著無線電對講機。

「我不會怕你的。」黃伯鎮靜地盯著他說：「要殺就殺啦，也不用拷問了。糧食，我們都沒有，早給其他人搬走了。」

那領導取下口罩來，是個臉色很黝黑的強壯男人，果真像建築工人。

「誰說要搶你們的糧食？」那領導問。

「不用騙我們。」黃伯說：「『果園村突擊隊』，我們都聽過了。」

領導脫下安全帽，不解地搔搔稀疏的頭髮，然後著手下拿來一面白旗。

那上面確實是寫了六個字。但卻是「果園村聯絡隊」。

「我們不是來殺人搶東西的。是來跟你們聯絡。」領導說：「當然，爲了自保，我們也得帶著武器。」

——「果園村突擊隊」，其實是負責防守荃灣那糧食庫的暴力團大佬捏造出來的。糧食庫早就給他跟手下私自吃光了；正好有新界大隊人馬過來，他便乘機編造大話。

「我們來九龍，是要找你們的領袖借東西：就是你們向我們炫耀的那呼召直升機轟炸的能力。我們要借它，炸掉封鎖羅湖邊界的機槍陣。」

「你們眞的……不是來打仗？……」

領導聳聳肩：「再不突破封鎖，所有人都死路一條……還有什麼好爭的呢？」

本是簡單不過的道理，卻是黃伯這幾個月來聽過最理智的話。

WEEK 24（上）香港開機

KEYWORDS：特使　隔離區　燭光　維港夜景

「……只要運用那直升機隊，將封鎖邊界一帶的重機槍陣線炸開一個缺口；同時我們把所有人集結在附近，趁對方來不及重新堵塞缺口之前，一口氣全部衝過去，並且擴散向不同方向走。這許多人擁入，他們是無法一一攔截的。只要逃到大陸就有生路！」

站在終審法院大廳中央的「果園村聯絡隊」特使，不疾不徐地講述他們新界大軍構思的逃出香港計畫。

只有雙鷹龍一個暴力團老大，帶著四名武裝手下單獨接見這個使者。龍哥臉上戴著兩層的黑色口罩，只露出一雙凌厲的眼睛，盯著那使者不斷打量。

「當然我們不保證一定成功——直升機隊和邊防陣線之間，可能有識別系統，令他們不會誤炸。」使者繼續說：「但是這已經是我們想到最有可能又最後的方法。不嘗試也只是等死。所以很希望你們能夠合作。」

他掏出來一封請求信，內容跟他所說一樣，上面有新界聯合大軍六名領導的相片和簽名。龍哥看去，一眼認得其中一個，就是從前跟他屬同一「字頭」的元朗區大佬細眼基。這封信似乎不假。

龍哥輕輕把信放在桌子一旁：「我會考慮。你可以走了。我的人會護送你回對面海去。」

使者看著龍哥一會兒，但隔著口罩無法看出龍哥的表情。他只好無奈地告辭，臨走時說：「那封信上寫了一個中立地點，你決定了隨時聯絡我們。」

使者離開後，龍哥站起來在大廳裡來回踱步思考。這會是詭計嗎？是想把我們的終極兵器搶過去？不過就算是呼召直升機轟炸，只要像上次維港那樣遙距發動就行了。龍哥在後面控制著吉仔和尤叔，對方根本連碰都碰不到，甚至要搶的是甚麼都未必知道。

然而這並非龍哥最擔心的問題，目前最迫切的危機是：這兵器根本就發動不了！

吉仔經過了個多月，仍是那副痴呆的模樣。沒有他的破解程式，無線電訊號根本發不出香港範圍外，黑色的直升機隊就不會來……

絕對不能讓新界人知道這件事！他們攻佔九龍後一直不過來，顯然就是忌憚這兵器。

那怕只要走漏一點風聲，隨時就會大軍壓境。他已經下令把吉仔、尤叔、Rachel連同他們的家人都嚴密禁閉，不許任何人接觸。

一想到自己的底牌被掀開的後果，龍哥又再顫抖起來。他突然感到口罩下一片濕潤。鼻子又冒血了。他連忙轉過臉不讓手下看見，用紙巾伸進口罩底下抹血。

那四個手下都裝作看不見。其實他們都知道龍哥的身體不妥，但是絕對不敢提起半句——先前已經有六個人因爲這事情被處決……

「要冷靜……不要害怕……」龍哥在心裡重複向自己告誡。現在他已經明白：正如賴教授在維園大會的解說所言，單是那病毒本身不會殺人，只有結合恐懼的情緒才會令人病發出血，一定要將它壓抑下來。

「我會活下去的……一定會……」

把染血的紙巾塞進Armani西裝口袋後，龍哥問其中一個手下：「隔離區那邊怎麼樣？」

「今天在上環，發生過兩次……已經平息了，但我們也有兩個兄弟死了，十幾人受傷。」那手下回答。

龍哥等人的九龍軍勢力在「大征服」撤退到港島之後，並沒有因此得到安穩。他們只控制著中上環、灣仔、北角等幾個地區，將原有的殘餘港島居民都隔離在外，亦沒有向他們分配任何糧食物資。餓瘋了的港島居民拚死過來搶糧，幾乎每天就發生一次戰鬥。九龍各暴力團為此已經分薄了不少兵力，要是新界大軍攻過來，腹背受敵，一定抵擋不住。

——先得解決其中一邊……好，就趁著新界軍還在顧忌我們的直升機時，再次開動「資源再分配計畫」，把港島人殺光吧……

龍哥一雙眼睛變得紅起來，充溢著殺人的意識。那殺意帶來的快感，令他忘記了剛才的恐懼，鼻血也隨之停止。

龍哥繼續在廳裡踱步，盤算著講詞——如何激勵其他暴力團領導的士氣，並且讓他們同意再次啓動「資源再分配計畫」。

不知不覺就入夜了。手下把點燃的蠟燭拿進來。微微搖晃的燭光映在那古老建築的室內，氣氛很是陰森。

但再陰森，也可怕不過龍哥那雙眼睛。

夜更黑。就在這時，外頭突然爆發出非常厲害的驚叫聲。而且不只一個人，是數以百計。然後就是無數腳步奔跑的聲音。

龍哥正在疑惑之間，法院大門打開來，一個看門的手下匆匆走入。

「甚麼事？」龍哥焦急地問。

「這……這……我也不肯定，最好你出去看看……」

龍哥帶著眾多手下出去，只見成千上百的人湧現在昃臣道上。

龍哥等人最初還在戒備是否有人叛亂，一個個舉起槍來，卻發現那些群眾根本全沒理會他們，只管一直往海邊那頭奔跑過去。

龍哥他們相視一眼，也跟著人群一起跑。

維港的景色漸漸出現在前方。

人群突然就停下來，變得鴉雀無聲。

龍哥被前頭的人擋住，一時還看不清是甚麼事情。他排開眾人，再上前十幾步，然後才看見。

他一時停頓了呼吸。就跟所有人一樣，那感覺就像看見了神蹟：

對岸的九龍半島，在發光。

是電燈——大廈和街上燈光全都亮起來了。

電力供應恢復。

□

二〇一X年一月二十九日，香港，再開機。

WEEK 24（中）絶望的攻擊

KEYWORDS：神蹟　大和解　空投　紅綠燈

困在香港島的一眾九龍暴力團大佬——包括雙鷹龍——他們的指揮權已經接近崩潰邊緣。

九龍半島恢復電力供應、城街亮起燈光的消息，極速在群眾之間傳播。

「開機了！開機了！香港快要解封了！」

人們像發瘋一般散播這個驚人的訊息。許多暴力團員拋去了武器，已經無心守備各處的崗位，只管興奮地互相擁抱。

餓瘋了的原港島居民，衝破已經散渙的隔離線，在九龍軍佔領區內四處搶掠食物。有的飢民也跑到海邊來，猛然看見對岸的燈光，頓時驚奇得呆住了，一時竟然忘記了肚子餓。

從北角到上環，無數街道都有人群熱烈地慶祝。四處傳來向天開槍的爆響，就像這個城市數十年前還沒有禁止新年爆竹的時候。

就連絕跡好一段日子的「光華教會」信徒也都走出來。自從梁牧師被處刑，少數的虔誠信徒都匿藏起來；現在他們穿著古怪的制服，再次舉起「光華教會好」的旗幟，在灣仔軒尼詩道的大街上敲鑼打鼓遊行。

「感謝神！這是神蹟！是我們的信念，把光明重新帶來人間！天佑香港！」那二十幾個信徒不斷在街上高呼。

「光華教會」本來是人人喊殺的過街老鼠，但此刻竟出現了大和解。先前有份追殺「光華」的人，都跟信徒握手擁抱；有人向天合掌流淚祈禱；也有人拿出各種東西，加入「光華」信徒敲打演奏的行列。遊行的隊列不一會兒就聚集到幾百人之多……

如今只剩下中環一部分地區，仍然受龍哥等暴力團大佬的親兵控制，分派好幾層人馬嚴密地守備著。

「不要棄守啊！那是新界人的詭計！香港沒有解封！新界的敵人是要乘機打過來呀！」

龍哥命令部下全力將這個反訊息傳揚出去。可是完全沒有用。香港人已經絕望得太久。那突然出現的光明希望，令人人陷入了狂喜的狀態。

——當然，他們的情緒多少也是因爲受到「獨角馬」生化劑的催激影響。

雙鷹龍坐在終審法院裡，用顫震的手掌不斷抹鼻血。他已經不在乎給人看見自己也是受感染者。擺在眼前的是遠爲可怕的危機。

「一定不是解封！是新界軍！他們不知用甚麼方法，短暫重開發電裝置——不，他們根本只是用許多部臨時發電機製造這個假象！絕對不要相信！」另一個暴力團大佬不斷向守在大廳內外的手下說，努力維持軍心。

龍哥心裡也對此深信不疑。江湖打滾多年，他絕不相信世上有巧合。那名新界特使走了才幾小時，對面的燈火就亮起來了。

——這使者根本就是來探我們的虛實！是爲了進攻！

龍哥考慮了一陣子，就叫部下把尤叔帶過來，並帶同所有無線電召喚轟炸的裝置。

□

在中環碼頭的海岸上，尤叔感到很冷。他看見九龍亮著燈，心底也泛著狂喜，但絕不敢在龍哥面前表露。

龍哥的手下熟練地安裝那些無線電裝置，又檢測兩條用來遠距發訊的遙控模型船。

龍哥指一指尤叔身旁的筆電：「這台機裡面，安裝了吉仔那個破解程式的拷貝吧？」

尤叔吞吞喉結，點點頭。

龍哥臉容肅殺地說：「我不理會你用甚麼方法，總之要發動轟炸，把九龍那邊夷平。」

尤叔雖然早就知道龍哥想幹甚麼，還是瞪大著眼睛：「龍哥你看看……我們不是應該再觀望一會兒嗎？說不定——」

「新界軍的登陸船隊任何一刻都可能攻過來。」龍哥冷冷說：「你不轟炸的話，我保證，第一個新界人踏上這邊的土地之前，你女兒的喉嚨會先被割斷。」

看見流著鼻血的雙鷹龍哥那瘋狂的神情，尤叔知道每個字都是認真。沒有選擇了。

在反射著對岸燈光的維港海面上，遙控模型船冒著黑煙快速行駛過去，半途間左右分開，一隻朝著海運大廈那頭接近，另一隻則航向尖東海邊。他們是期望兩邊的轟炸結合，摧毀可能集結在整個岸邊的所有敵軍。

——就算炸不中敵人的船都不打緊！只要讓對方知道，我們仍然有這個兵器！

尤叔緊張地看著電腦螢幕。根本就毫無把握，他對那破解程式的認識太過皮毛，只能按以往吉仔的操作重做一次，期待正好碰上正確的干擾模式。機會大概不到千分之一。他心裡在祈禱：

——飛機啊……一定要出現飛機……

模型船已經就位。尤叔同時發動程式和無線電訊號。

他卻發覺一件非常奇怪的事情。

——干擾好像已經完全消失……

尤叔的情緒實在受到太多壓力，一時未能理解這事情的意義，只是一味在期待轟炸機隊出現。

龍哥、各暴力團大佬和眾手下個個仰望著黑夜的天空，心裡也只有同樣的期盼。

十五分鐘過去了，天空還是一片寧靜。

眼鏡沾滿汗水的尤叔，只能繼續盯著對面發光的大廈群，手裡拿著通話機，不斷重覆喊著自己的無線電call sign。他的嘴角和鼻孔緩緩流出血水來。

臉色蒼白的雙鷹龍，拔出插在西裝腰帶上的手槍，慢慢舉向尤叔的後腦……

「來了！」

有人指向南方的天空。

那邊飛來許多燈光，數量比從前任何一次都多。

龍哥和九龍軍眾人興奮地高呼！

「快來！炸吧！把新界佬都炸X死！」所有人的眼睛都變得通紅。

可是很不對勁。那飛行方式跟以往很不同。

當泛著燈光的飛行影子更加接近時，他們看清了：這次來的不是直升機隊，而是多架大型軍機！

「難道……」龍哥想著時，那軍機隊列已經來到上空，機身迎頭撒下一件件的東西。

——是大炸彈嗎？他們終於決定要把全香港跟那生化病毒都從地球上剷除嗎？

眾人的興奮表情瞬間化爲絕望，一起驚慌地俯伏在地上。

隨著空投的東西落下，四周發射出光芒來。

龍哥心裡想，終於也是難逃一死，不禁一邊流著鼻血，一邊流著眼淚。

一切看來都要終結。

可是沒有。龍哥發覺自己仍然在呼吸。耳邊還聽到一陣奇怪的「噠噠」聲。

他定下神來，把臉仰起看看。

剛才亮起的強烈光芒原來並不是爆炸，而是街道和各大廈的燈光。那「噠噠」聲，是行人過路紅綠燈發出給失明人士的提示音。他們太久沒聽到了，一時對這聲音感覺有點陌生。

恢復電力供應原來是眞的！而且連港島這邊也有了！

其中一個給軍機空投下來的東西，就落在他們前面幾十公尺處。

龍哥跑上前去看，原來是個四周都包著防撞軟膠的大包裹。上面印著一個大大的紅色十字標誌，還有中、英文字樣：

「**疫苗**」。

WEEK 24（下）最後的工作

KEYWORDS：時代廣場　針筒　戰犯　域多利監獄

數千人聚集在時代廣場，仰望那面荒廢已久的巨大電視螢幕。

電子的亮光，映照在許多雙激動流淚的眼睛裡。

螢幕一片綠色，只有簡單的白色字體在滾動，分別是中、英、印、日……等文字。同時揚聲器也傳來柔和的女聲，誦讀著公告的內容：

「……請從速按照包裝指示正確注射疫苗，並留意身邊有需要人士，盡量予以協助。各地區空投疫苗的數量非常充裕，各位市民毋須爭先恐後，以免造成不必要的恐慌。請勿自行收集大量未使用疫苗，任何年齡及體質的人士只須使用一支，已達到足夠及安全的分量。疫苗經嚴格測試，對人體絕對安全，只有少部分注射者可能會出現輕微不適的副作用，另外亦有可能因緊張心理造成不良反應，如出現此情況請保持鎮靜，並盡量多補充水分，症狀將於二至八小時內減退。各位注射後請安心留在家中，並耐心等候下一輪宣布……」

女聲用粵語說完後，緊接又用普通話、英語……重複同一段公告。

人群裡許多早已注射那空投下來的神祕疫苗。有的人一直拿著不敢打，直到看完公告全文後，才放心把針筒刺進手臂。

所有收音機也在播放同一段聲帶。電話和網絡卻還沒有重開。

人們一直注視和細聽電視播出的每一個字。經過六種語言廣播後，畫面和聲音又從頭開始。再耐心重看一遍還是一樣，並沒有任何新資訊。沒有透露投下疫苗和發出公告的是誰；沒有解釋「下一輪宣布」是關於甚麼；沒有說明何時有救援人員和物資到來……

可是人們都已毫無疑問地深信：香港真的要解封了。一切將要回復正常。

□

雙鷹龍也很清楚，這是快將發生的事實。那電視公告他也看了。

因此有些工作，是一定要做的。

龍哥沒有再流鼻血。那疫苗果眞有效。他知道自己可以活下來。

可以「活下來」，就代表要面對將來。一旦香港眞的解封，「大關機」期間發生的所有事情都會被追究。包括他領導九龍暴力團所做的一切。

「維港大轟炸」還說得過去——畢竟投下炸彈的並不是他，而是那些神祕的黑色直升機；可是「資源再分配計畫」屠殺了大量港島居民……龍哥讀書不多，沒詳細讀過「戰爭罪行」的定義，但知道這樣的事情，不是說一句「爲勢所逼」就可以免除責任……

因此從昨晚到現在這半天裡，他都非常忙碌——忙於消除所有可以將「資源再分配計畫」的責任指向他的人。

趁著大家還在打疫苗，心情和警戒都鬆懈了的時候，龍哥逐一把九龍暴力團的領導都幹掉了——做法非常簡單直接，就趁他們落單的時候，笑著在背後插一刀。曾經在法院開會時在場的暴力團員，他也派手下將他們全部肅清。

現在龍哥甚麼人都不相信，只留著三個跟著他最久的親信在身邊。屠殺都是透過他們下令的，其他能夠直接指證他的人已經一個也不剩。最後只要想辦法把這三個人都搞掉就行了。

可是龍哥還是不放心。「資源再分配」總要有人下令。他需要一頭完美的代罪羔羊：一個不懂得爲自己辯護，又曾經親手發動「維港大轟炸」的人。要把罪證堆到他頭上，十分容易。

——關鍵是要除去所有跟他有關係的人。

於是尤叔、尤叔的女兒阿麗、吉仔的父母和弟弟……他們的屍體都已經躺在一起。

最後，剩下一個。

龍哥跟其中一個親信帶著槍，步入已經在兩年前活化成藝術館的上環域多利監獄裡。那兒正是吉仔和Rachel囚禁的地方。

「記著，絕對、絕對不要傷他。」龍哥向手下說：「我們只要那個女的。」

監牢雖然已經改裝，但爲了保存特色，仍然留著最外面的倉門。兩人步向F倉。手下用鑰匙打開鎖頭，拉下倉門上的鐵鍊。刺耳的金屬刮擦聲音，在放滿現代藝術品的空間裡迴響。

「出來吧，沒事了。」龍哥的聲音很溫柔：「香港快要解封了。我們都可以活下來了。」

沒有動靜。在玻璃飾櫃之間，看不見那對年輕男女的蹤影。

兩人分開來，平行深入倉房進行搜索。

龍哥那名手下走了十幾步，就發現吉仔抱著筆電，驚恐地縮坐在一具斷了腿的石膏像下面。

「找到了……」他舉起手槍快步走向吉仔。

突然右邊的飾櫃後頭閃出一條身影！

銳利的美工刀削中古惑仔的三根手指。他在吃痛慘叫中丟失了手槍。

Rachel緊接揮起一條石膏腿，像棒球棍狠狠擊打在他面門！

龍哥這時像野獸般衝過來。

運動健將Rachel判斷出已沒有時間去拾那掉下的手槍，馬上高叫著也朝著龍哥衝過去！

龍哥怒吼著扣下扳機。

子彈在Rachel左邊大腿炸開了一蓬血花！

Rachel中彈的剎那卻也撲到來，雙手緊抓著龍哥握槍的右臂！

龍哥雖然曾經是黑幫的金牌打手，畢竟身手已經疏懶了好一段日子，跟力氣不小的Rachel相爭了好幾分鐘，才成功把她推開。Rachel一腿受傷無法平衡，倒在吉仔的身旁。

Rachel慌忙抱住吉仔，用身體保護著他。

龍哥為怕誤傷吉仔，上前將槍口貼近Rachel頭上。

「原諒我。今天之後，我不會再殺人了。」

突然監倉內被強光與爆音侵襲。

雙鷹龍無法控制身體的自然反應，整個人蜷縮起來。吉仔和Rachel也一樣，哭著緊縮成一團。

龍哥的耳朵被那震眩手榴彈衝擊而暫時失聰，無法聽到急奔而入的大量軍靴足音；眼睛也因為那陣短暫但強烈的光芒而無法視物。他只感覺到自己被人迅速按在地上，手腕關節受到一記猛扭，手槍隨即被奪去。

「我投降！我投降！不關我的事！一切都不關我的事！」

龍哥發狂似地叫著，但很快就被人用布塞住嘴巴。

□

二〇一X年一月三十日，第一支「維持和平部隊」，登陸香港。

WEEK 47 賴斯報告書

KEYWORDS: 生化兵器　假訊息　香港已死　危害人類罪

【六月十五日綜合報導】經過接近四個月的調查及聆訊，**聯合國香港恐襲災難特別調查委員會**（簡稱「賴斯委員會」）終在昨天發表第一份報告書，初步斷定此次爲期達半年的香港大封鎖，眞正原因是不明恐怖分子偷運之生化兵器意外爆發所致，但未能追尋其來源。

根據這份「賴斯報告書」（下稱報告書）的主要調查結果，該種暫定代號爲「U-4」的致命生化兵器，相信是由恐怖分子帶入香港，但香港其實只是偷運過境之地，並非眞正襲擊的目標，估計因爲處理不當而意外爆發。中國、美國及多個鄰近國家地區，在得到情報後即啓動緊急封鎖機制，並且全面疏散香港方圓五百公里以內之城市人口。

由於情報顯示「U-4」可透過空氣感染，傳播率甚高，並可潛伏長達三至八星期才出現症狀，在仍未研究出有效疫苗之前，各國當局無法進入災區救出居民，此決定乃避免

「U-4」進一步向其他地區擴散，造成無從控制之全球性災難。

報告書稱：「在面對可能出現之更巨大威脅下，各國政府只能採取消極之封鎖策略。此決定雖直接或間接引致香港市內大量居民死亡及生活於恐懼之下，實爲不得已之理智選擇，本委員會認爲各政府毋須負上任何人道責任。」但報告書並未解釋，何以封鎖香港的行動亦包括截斷其對外通訊。另外報告書亦未說明，當初香港特區政府、中國駐港機構、各香港本地及外國財團等之全體高層人員，以及駐港解放軍皆安全撤離香港，到底是否在襲擊爆發之後才進行。

報告書以委員會主席艾爾．賴斯博士命名，並於紐約聯合國總部舉行之特別會議上發表，安全理事會五個常任理事國及另外一百零二個國家之駐聯合國使節均有出席，另有九十六個民間組織派出監察員旁聽，但發表會議期間未設任何發問環節。

截至目前，並未有任何恐怖組織承認這次「U-4」攻擊之責任。近月來各地傳媒及網路，平均每星期收到或出現過百次聲稱發動此襲擊之聲明，皆確定爲惡作劇，已經有五百餘人因散播危險的假訊息被捕……

香港解封之後，生還者之間一直盛傳，「U-4」實乃一架不明飛機意外墜落而帶入香港，並指與一項稱為「獨角馬計畫」的某國祕密軍事計畫有關，這說法同時引起世界各地不明飛行物體愛好者的興趣。但賴斯委員會表示經詳細調查，並未發現任何有關該飛機存在和墜落之證據或紀錄，亦無「獨角馬計畫」的任何相關資料，故判斷此說法實是生還者在恐慌期間產生的謠傳……至於最初國際傳媒誤報核武恐怖襲擊，並且出現偽造新聞片段，背後涉及的人為掩飾，賴斯委員會表明這並非他們的調查目的和範圍，應由各國政府及立法機關自行調查裁決。

根據網路媒體報導，最先揭破香港並非受到核攻擊的，相信是一個來自白俄羅斯的駭客集團，他們透過業餘無線電與香港生還者取得斷續的聯繫，並開始在網上發布有關真相。至今聯合國、各國政府及多家大型媒體集團，總共已經有超過二千名涉及發布不實消息之官員或要員被撤職，其中包括前美國總統發言人芬尼．狄維爾。這撤職數字不包括中國，因中國政府就整個香港封鎖事件的內部人事處理，至今都沒有對外做任何公布……

曾有不願透露身分之消息人士暗示，醫治「U-4」的疫苗乃由美、中、日、俄四國的軍事生化部隊與軍備生物科技工業合作研究及試驗成功，但這消息未能證實，四國軍方亦以涉及國家安全為理由，拒絕對這消息做任何回應。網路上有傳聞指這次香港封鎖，是乘著發生軍方意外而進行的大規模生化兵器實驗，疫苗其實一早已存在。此說法被負責空投派送疫苗的維持和平部隊斷然否認。

目前香港仍由中國解放軍組成之特別維和部隊實施緊急狀態軍法管治，並有聯合國、美國、歐盟、日本、韓國、印度等各派駐人員監察。現時各政府的焦點已經轉向重建工作，面對的主要難題是資金來源及人口填補。北京早前強烈反駁所謂「香港已死」論，重申有決心及能力重建此亞洲國際都會，同時歡迎各國政府及商界加以協助。

此外中國人大會議上月已通過特別法案，從去年七月二十二日至今年一月三十日香港封鎖期間，發生於香港境內的一切罪行，除特別嚴重之「危害人類罪」外，將全部獲得特赦。同時新華社已經採訪收集了封鎖期間發生的多宗感人善行及英勇事蹟，總共三十九名已去世或仍生還的主角，預料將獲頒授最高之金英勇勳章（ＭＢＧ）榮譽……

根據已發表數字統計，香港解封時之剩餘人口爲二萬四千九百二十五人……

WEEK 51 再見，香港

KEYWORDS: 香港國際機場 Starbucks 外判 推銀仔 政治庇護

赤鱲角的香港國際機場，已經向民間重開超過兩個月，但直到現在還是到處可見「維和部隊」的士兵巡邏。

Rachel透過特別候機室的玻璃門看見，外面每分鐘都來回出現帶著輕機槍的軍人。她並沒有覺得緊張，他們的黑色制服反倒給她一種強烈的安全感——她永遠都記得，那天自己是怎樣活過來的。

Rachel輕輕呷了一口紙杯裡的咖啡，閉起眼睛感受那溫暖的液體流進胃裡，還有咖啡因往腦袋上升的快感。簡單一杯咖啡，已經帶來升天一樣的快樂。

只因爲經歷過太多，你會懂得感恩。

她瞧瞧紙杯上那既熟悉又感覺遙遠的綠色標誌。機場重開的食店很少，Starbucks是其中最早恢復的一家。你不得不佩服連鎖店那強大的生命力。就像士兵的制服一樣，連鎖店的標誌也給Rachel異常安穩的感覺：劃一的規律，沒有意料之外的制度——她曾經以爲自己再沒有機會享受這種生活。

Rachel放下咖啡杯，拿起曲奇餅細心撕開包裝，遞到吉仔的嘴邊。

吉仔咬了一口餅乾，看也沒有看她，眼睛緊緊盯著手提電腦的螢幕，手指在鍵盤上飛快打字。

「眞厲害。」坐在吉仔另一邊的馬副總裁以普通話說，笑著看吉仔正在編寫的一行行程式碼。在他們三人身邊還站著五個身材魁梧的黑西裝男人，怎麼看都是保鏢。

他們正在等待「光翔科技集團」的專用飛機降落，把他們接送往北京的總部。

「光翔」以八位數字年薪聘請吉仔擔任網路科技部門的特別顧問。他們的律師團成功繞過多個法律難題，讓Rachel以伴侶身分，代表吉仔在所有相關的文件簽名。

Rachel早就從網路得知，「光翔集團」表面是民營，實際上是中國的軍事工業單位，吉仔進去之後很可能就是負責軍事密碼的破譯工作。可是她不在乎。只要能夠離開這鬼地方就夠了。何況「光翔」答應會僱用最好的醫療團隊和心理治療師，全力醫治吉仔，單是這個條件已經讓她無法拒絕。

還得等一段時間，Rachel打開她的iPaper超薄平板，看看最近的新聞消息。娛樂新聞佔了壓倒性篇幅，仍然在報導荷里活（好萊塢）和北京爭相拍攝「香港關機」電影。美國公司雖然擁有數碼特技的優勢，但北京中影已經鎖定了所有最具票房號召力的中國明星，這教荷里活相當頭疼。導演占士·金馬倫（詹姆斯·卡麥隆）昨天宣布解決方案，索性所有演員都起用名不經傳的美國、加拿大和澳洲演員，後期才用數位特技「改造」成華人。

Rachel對此全無興趣，翻過另一頁面。香港的重建計畫還在商討中，北京消息人士透露，目前的主流意見認爲要完全重建恢復以前的香港已經不可能，原因是涉及太龐大的移民規劃，因此屬意只劃出其中四個區域：中上環、灣仔銅鑼灣、尖沙嘴及旺角，各成立「經濟自治特區」，公開予任何企業財團競投及經營，投得者只要付出權利金，就擁有包括入境和保安等高度自治權。說白一些，就是將這幾個地區「外判」給私營商，政府完全放棄了角色。

Rachel讀這新聞時，發現內容始終避開了一個事實：

這計畫成眞的話，以後就再沒有「香港」了。

她沒有心繼續讀下去，就打開「推銀仔」（Coin Dozer）遊戲打發時間。她不是特別喜歡這個遊戲，只是玩的時候甚麼都不用想。

「已經到了，我們可以上機了。」其中一個保鏢收聽到耳機的通話後說。

他們六人步出候機室，走在大堂通道上。吉仔一直拖著Rachel的手，神情像個呆子。Rachel不知道他此刻到底在想甚麼。也許永遠不會知道。

就在這時後面傳來一聲：「Hello！」

還沒有回頭，Rachel光是聽那聲音，背脊就生起一陣惡寒。

雙鷹龍雖然已經把頭髮染回黑色，又長了鬍子，Rachel還是一眼認出他——怎可能認不出來？

龍哥身邊就跟Rachel他們一樣，包圍著保鏢和一個像行政人員的傢伙。不同的是，他身邊的全部都是外國人。

「真巧呀……」

龍哥本來想走更近，但看一看Rachel的保鏢，馬上停住舉起雙手，示意自己沒有惡意。

Rachel感到吉仔的手滿是冷汗，而且握得她的手掌生痛。

「臨離開香港也能夠碰見，我們眞有緣……」龍哥微笑著說：「怎麼了？還在生氣嗎？Come on, Rachel, I just did what I had to, it's not personal——哈哈，我爲了準備去美國生活，這陣子都在練英文，說得好不好？」

Rachel沒有回答，只是狠狠地瞪著龍哥。

「其實我應該對妳說一聲thank you。要不是有妳帶給我的東西，我還要留在這個已經變成廢墟的城市呢。」龍哥得意地說。

他說的「東西」，就是那批由記者老馬所寫的偵查報導資料，還有賴教授在維園大會的講話錄音。他用這些敏感資料跟美國情報部門達成交易，取得了政治庇護，不單沒有受到任何檢控，還得到美國公民權和一大筆金錢。他們甚至出錢，爲他做雷射手術除掉胸口那雙飛鷹紋身——總之就是以另一個身分，在沒有人認識他的地方，重新展開無憂的新生活。

龍哥看見Rachel沒有回應，只好聳聳肩，就跟那大票美國保鏢先一步離開，走往停機坪的方向。

Rachel看著他的背影。

她知道，這絕不是最後一次看見龍哥。以後都會常常看見他。在惡夢中。

【香港關機．全文完】

國家圖書館出版品預行編目資料

香港關機／喬靖夫 著. ——初版. ——台北市：蓋亞文化，2012.09
面；　公分. ——（悅讀館；RE199）
ISBN　978-986-319-014-1（平裝）

857.83　　101016907

悅讀館 RE199

香港關機 HONG KONG SHUTDOWN

作者／喬靖夫（Jozev）
插畫／HIROSHI
封面設計／克里斯
出版社／蓋亞文化有限公司
地址◎台北市103赤峰街41巷7號1樓
電話◎（02）25585438　　傳眞◎（02）25585439
網址◎ www.gaeabooks.com.tw
電子信箱◎gaea@gaeabooks.com.tw
部落格◎gaeabooks.pixnet.net/blog
投稿信箱◎editor@gaeabooks.com.tw
郵撥帳號◎19769541　戶名：蓋亞文化有限公司
總經銷／聯合發行股份有限公司
地址◎新北市新店區寶橋路二三五巷六弄六號二樓
電話◎（02）29178022
傳眞◎（02）29156275
初版一刷／2012年10月
定價／新台幣 180 元
Printed in Taiwan

GAEA
ISBN／978-986-319-014-1

Gaea

GAEA